시골에 사는 즐거움

시골에 사는 즐거움

지은이 | 유안나

주간 | 권대웅
책임편집 | 이효선
기획편집 | 고유진, 박현종
디자인 | 한순복
마케팅 | 부장 신재우, 양승우
업무관리 | 최희은

초판 1쇄 찍음 | 2005년 4월 15일
초판 1쇄 펴냄 | 2005년 4월 20일

펴낸곳 | 도솔출판사
펴낸이 | 최정환

등록번호 | 제1-867호   등록일자 | 1989년 1월 17일
주소 | 121-841 서울시 마포구 서교동 460-8번지
전화 | 335-5755   팩스 | 335-6069
홈페이지 | www.dosolbooks.com
전자우편 | dosol511@empal.com

 ISBN 89-7220-165-0   03810

시골에 사는 즐거움

유안나 지음

오이, 호박, 파, 배추, 비트…….

올해도 어김없이 다품종입니다. 작년에 질렸으면서
또 욕심을 부립니다. 그래도 오는 손님에게 나누어줄
게 있어야지 어떻게 야박하게 그냥 보내겠어. 아무튼
무럭무럭 자라다오. 소쿠리마다 하나 가득 들고 온
동네방네 뛰어다니게.

이 땅에 소박한 밥상지기로 살기 위해

올해는 매화꽃을 볼 수 있을까요? 이곳에 내려오던 해에 심었으니 벌써 나이가 세 살입니다. 어느새 물오른 매실나무에, 열매는 못 보더라도 꽃이라도 몇 송이 피었으면 하는 소박한 바람을 던지며 윙크를 합니다. 이제 이곳은 미리 잘 준비해놓은 연극 무대처럼 복사꽃이 피어납니다. 골짜기가 온통 핑크빛으로 물들 그 황홀한 봄을 기다리고 있으면 마음만 바쁩니다. 들로 나갈 생각으로 조금 들뜨기도 합니다.

복숭아나무는 물기를 흠씬 머금고 꽃피울 채비를 마쳤고, 무채색으로 보이지만 가까이 가보면 양지바른 땅에는 냉이가 벌써 돋아 있습니다. 옆집 울타리로 심은 명자나무는 꽃망울 속에 붉은 정열을 숨기고 부끄러움을 타고 있습니다. 운동장에 모인 초등학교 1학년처럼 풋풋하고 싱그러운 봄기운이 어느새 우리 곁에 폭신하게 다가와 있음을 느낍니다.

며칠만 있으면 햇볕 바른 곳부터 봄나물이 올라올 것입니다. 천지에 피어나는 봄나물을 실컷 먹어봐야지. 바구니 들고 달래랑 냉이랑 씀바귀를 캐어다가 날마다 저녁 식탁을 풍성하게 만들어야지. 어서어서 맛있는 봄 향기를 담아내야지. 바야흐로 시골로 내려온 즐거움이 제일 큰 때가 되었습니다.

봄이 되면 씨 뿌리고 가을이면 거두어들이는 자연의 순환 앞에 경외감을 느낍니다. 다시 온 일년 동안 우리 가족과 함께 할 작물들의 향기까지 가져다 미리 맛을 보고 즐거워하는 가족들을 보면서 봄 향기 속에 묻어온 설렘까지 읽습니다.

아랫집 병화네 할아버지 할머니도, 윗집 할머니 모자도 약속이나 한 것처럼 다시 그 자리에 나와 호미질, 괭이질을 합니다. 새싹들도 긴긴 겨울을 이기고 예전 그 자리에 그대로의 모습으로 하나 둘씩 솟아나고 있습니다. 약속이나 한 것처럼.

무언의 약속, 봄이 되면 오래된 약속처럼 들로 나가 밭을 갈고 씨를 뿌리는 생명의 봄노래를 듣지 못했다면 제 삶은 얼마나 가여웠을까요. 얼마나 부끄러웠을까요. 도회지에 살면서 쉬 달고 쉬 식는 아스팔트처럼 폴폴 날리는 생각으로 얼마나 향기 없었을까요. 봄의 약속, 가난하지만 겨울 지나 불러낼 땅이 있으니 마음은 이보다 부자일 수 없습니다.

삶의 형태를 바꾼다는 것은 대단한 모험이었습니다. 두려웠습니다. 아직도 완전하게 자리를 굳히지 못하고 좌충우돌 부대끼고 있지만 '귀농할 때 처음 모습이 그랬지'를 늘 생각하면서, 이 땅이 우리에게 아낌없이 준 것들을 훼손하지 않으면서, 나무와 돌, 풀, 바람, 햇살 한 줌 등 자연이 가르쳐주는 무한한 가르침에 내 몸을 맡깁니다. 두려움은 이제 없습니다. 자연 속에서 아이들 마음껏 뛰어놀면서 자라 들판에서 보고 들은 자연의 색깔을 자신의 추억 보따리에서 한 올 한 올 끄집어내어 자신의 삶을 풍요롭게 한다면 얼마나 좋을까요. 내 한 뼘 옆 사람들에게도 따뜻한 눈길을 주지 않을까요, 그렇지 않을까요?

'빨리빨리'에서 '느릿느릿' 산다는 것은 또 다른 삶을 준비하는 충전의 시간입니다. 앞으로 남은 삶의 시간 동안 무엇이 제일 중요한지를 알고, 땅에서 배운 대로 소중한 것들을 위해 아낌없이 시간을 보내야 한다는 것을요. 그러기 위해서는 보고 듣고 배워야 할 것이 너무나 많습니다. 이 땅에 당당한 농부로 살기 위해, '소박한 밥상지기'로 살기 위해 오늘도 소녀처럼 꿈을 꿉니다.

막상 책을 내기로 하니 속살을 드러낸 것처럼 많이 부끄러웠습니다. 그렇지만 도회지 주부로 살다가 시골 아낙으로 살면서 자연이 아낌없이 주는 그 풍부한 감상들을 함께 나누어 조금이라도 삶의 여유를 찾는 분들이 늘어난다면 더 큰 보람은 없겠다는 생각으로 용기를 내어봅니다.

이렇게 향기 나는 책으로 예쁘게 꾸며준 도솔 식구들과 권대웅 시인께 고맙다는 인사를 드립니다. 현실은 어렵지만 묵묵히 밭을 가는 시골의 모든 분들과 함께 만든 책이므로 그들 이름 앞에 이 책을 바칩니다.

이제 봄꽃 향기가 어느 동네 마다 않고 퍼질 것입니다. 그 향기에 전염되어 행복한 웃음만 가득하다면 더없이 좋겠습니다.

유안나

■ 차례

두번째 이야기 느리게 산다는 것

세번째 이야기 자연이 된다는 것

네번째 이야기 　행복해진다는 것

첫 번 째   이 야 기 # 시골에 산다는 것

보슬보슬한 흙을 만지면서

흙처럼 부드러운 마음도 닮아가고

돌도 골라내고 풀도 뽑다보면 작고 보잘것없는,

이름 없는 것들에게 따뜻한 눈길이 갑니다.

며칠만 있으면 햇볕 바른 곳부터 봄나물이

올라올 것입니다. 어서어서 맛있는

봄 향기를 담아내고 싶습니다.

이사했어요, 시골로

중부 고속도로를 따라 조금만 내려오면 음성 인터체인지가 나옵니다. 거기서 음성 쪽으로 30분만 오면 자그마한 시내가 나오죠.

모든 관공서를 걸어서 다닐 수 있는, 2일과 7일 오일장이 서는 날이면 순댓국과 닭발과 돼지껍데기와 막걸리를 한 잔 하고 돌아갈 수 있는, 뜰에는 두릅과 토마토와 고추와 상추와 쑥갓이 줄지어 있고, 열매가 몇 개 안 달린 자두나무엔 참새 떼가 나보다 먼저 살림살이를 하고, 무궁화꽃이 한 잎 두 잎 피어나는 곳이 내가 사는 곳입니다. 지난 봄 핀 황매화가 늦여름까지 하나둘씩 피어나는 이유는 아마도 이사 온 우리를 환영하기 위해서겠지요?

꽤 많은 시간이 지났습니다. 처음엔 얼마나 막막하던지요. 짐은 정리되지 않고, 다시 어디론가 가야 할 것 같은 어처구니없는 생각이 들었어요. 두고 온 사람들이 하나 둘씩 안부전화 해주는데, 그 사랑 눈물로 닦고 온 나는 처음엔 한 통화도 못 하고 시간만 보냈습니다. 하루도 못 견딜 것 같더니, 벌써 몇 해가 후딱 지났습니다.

비가 내립니다. 어제부터 봄비가 그치지도 않고 내립니다. 대관령엔 눈 소식이, 평창에는 폭설이 내렸습니다. 지금은 4월 그리고 끄트머리.

이웃집 부지런한 병화네 할아버지 댁에는 강낭콩이랑 고추 모종이 삶겼습니다. 안타깝습니다. 장애우 아들 부부를 데리고 농사를 지으시는데 얼마나 부지런하신지 우리는 맨발로 뛰어도 따라가질 못합니다. 내 속이 이렇게 시린데 할아버지는 얼마나 아프실까요? 아들 내외는 부부 사이가 아주 좋아 보입니다.

다른 기계는 다루지 못하지만 자전거는 기차게 잘 탑니다. 일이 끝나면 젊은 아저씨는 짐자전거에 아줌마를 태우고 신나게 달려갑니다. 다른 사람들보다 행동이 조금 크게 느껴지지만 순박하고 아름다운 사람들입니다.

어제부터 내린 비로 농부는 갑자기 휴가를 맞습니다. 이런 게 보너스인가 봅니다. 밭이 질어서 들어갈 수가 없지만 비닐집이 잘 붙어 있는지 궁금해서 밭에 나가봤더니 아직 끄떡없습니다. 비닐집 안은 안방 같습니다. 나온 김에 일이나 하고 가자고 포트에 씨앗을 심었습니다.

오이, 호박, 파, 배추, 비트……. 올해도 어김없이 다품종입니다. 작년에 질렸으면서 또 욕심을 부립니다. 그래도 오는 손님에게 나누어줄 게 있어야지 어떻게 야박하게 그냥 보내겠어. 아무튼 무럭무럭 자라다오. 소쿠리마다 하나 가득 들고 온 동네방네 뛰어다니게.

밭에서 내려오는 길에 아이들에게 전화를 걸어 숨은그림찾기를 합

매서운 추위를 이겨내고 맨땅을 뚫고 움튼 씨앗의 생명력 앞에 경외감을 느낍니다. 제대로 물을 주지도 못했는데 저희들끼리 잘 자라고 있으니 저 푸른 생명이 참으로 거룩해 보입니다.

니다. 시장에서 만나기로.

아이들은 떡볶이집에서 기다리고 있습니다. 장날마다 젊은 부부가 순대랑 막걸리랑 곱창이랑 오뎅을 팝니다. 아줌마 순대 써는 솜씨가 대단합니다. 커다란 나무 도마가 푹 패여서 새것으로 갈았습니다. 칼질을 얼마나 많이 했기에 그 튼튼한 도마가 대패로 민 것처럼 움푹해졌을까요? 아줌마는 손목이 시리답니다.

"먹고살려니 할 수 없죠." 지친 아줌마가 짐을 정리해가며 한마디 하십니다. 어제는 금왕장, 오늘은 음성장, 내일은 삼성장, 근방 오일장을 하루도 빠짐없이 다닌답니다.

사람들이 거의 다 빠져나간 시장은 쓸쓸합니다. 아직도 떨이를 못한 몇 분이 애타게 손님을 기다립니다. 목소리를 높여보지만 사람들이 거의 없습니다.

시골 장은 참 정겹습니다. 이곳 문화를 아주 조금 맛볼 수 있어 좋습니다. 보기만 해도 재미있는 옹기 장수며, 갓을 쓰고 모시적삼을 입고서 씨앗을 파는 노인이 머릿속에 오랫동안 잔영으로 남습니다.

찐빵을 파는 젊은 부부가 건강해 보이고, 상품성이 떨어지는 투박한 대파단을 내미는 할머니의 손은, 설거지하며 수돗물이 안 좋아 금세 거칠어졌다고 투정 부린 내 손을 부끄럽게 합니다.

비 오는 날 장은 좀 쓸쓸합니다. 짐을 챙기는 아저씨 아주머니들의 허리가 더 휘어져 보입니다. 오늘은 전대가 가벼웠으리라. 전대가 묵직해야 아이들 등록금도 내고 어른들 맛있는 것도 사가지고 갈 텐데. 장날은 비가 안 오면 좋겠습니다.

다음 장날까지 이 풍경을 다시 기다립니다. 조금 설레기도 합니다.

봄, 시골에 사는 즐거움

때 아닌 눈 소식으로 전국이 떠들썩합니다. 봄을 향해 치닫는 봄바람에 심통이 났나 봅니다. 막바지 겨울을 떠나보내기 싫어서 보채는 투정치고는 눈이 너무 많이 내렸습니다.

어떤 이에게는 선물이 될 수 있고, 어떤 이에게는 상처가 될 수도 있겠지요. 많은 연인들에게는 뜻밖의 눈 선물이 되었고, 농사를 준비하는 농부들에게는 깊은 상처가 되었습니다. 비닐집이 무너져 내리고 그 속에서 예쁘게 자라고 있던 모종들이 고스란히 주저앉았습니다. 농부의 가슴에는 눈의 무게만큼 돌덩이가 내려앉았습니다.

별다른 피해가 없는 중부지방에서는 가뭄에 단비였습니다. 도랑물조차 말라버린 겨울 가뭄에, 조금만 걸어도 털신이 강아지처럼 뽀얗게 먼지가 앉았는데……. 어제는 묻어둔 김장김치를 꺼내러 밭으로 갔습니다. 비닐집 안에 가을에 뿌려놓은 호밀이 제법 많이 자랐습니다. 그 매서운 추위를 이겨내고 맨땅을 뚫고 움튼 씨앗의 생명력 앞에 경외감을 느낍니다. 제대로 물을 줄 수도 없었고, 주인은 아랫목에 앉아 발걸음도 뚝 끊었는데 저희들끼리 잘 자라고 있으니 저 푸른 생명이 어찌 거룩해 보이지 않겠습니까. 밭을 한 바퀴 둘러보았습니다. 얻어다 심은 두릅도 움이 나올 조짐을 보입니다. 작년에 옮겨 심은 매실나무도 새 가지가 많이 나왔습니다.

항아리 속에서 알맞게 익은 김치를 꺼내고, 밭 귀퉁이에 난 냉이 몇 낱을 뿌리가 다치지 않도록 호미로 깊이 파서 캐고, 가을에 묻어둔 무 서너 뿌리 꺼내고, 파 두 뿌리를 뽑고, 빨랫줄에 매달아놓은 시래기 걷어서 소쿠리 가득 담으니 저녁 반찬이 넘칩니다. 금방 캐 온 냉이 씻어서 된장찌개 보글보글 끓이고, 무생채 새콤달콤하게 버무리고, 김치냉장고에 넣어둔 것보다 원숙하게 익은 김장독 김치 송송 썰어서 참기름 한 방울에 통깨 솔솔 뿌려 조물조물 무쳐놓으니 비빔밥 준비 끝. 눈 깜짝할 사이 밥 한 그릇을 뚝딱 해치운 저녁 식탁.

올해는 참외를 심어보자는 큰아들 녀석과, 엄마가 아침마다 갈아주는 토마토 주스가 예술이라고 표현하는 작은놈과, 뭐니 뭐니 해도 일하다 따 먹는 오이가 꿀맛이라고 주장하는 남편과, 무엇보다 반찬 걱정 덜어주는 상추가 으뜸이라고 목소리를 높이는 나, 네 식구의 소원을 다 들어주자면 올해도 우리 밭은 총 천연색으로 박물관 같은 실험 농장이 되어야 할 것 같습니다.

올해는 식구들 모두 자신이 원하는 작물을 키워보고 열매가 열리면 다른 사람에게도 자신의 이름으로 나누어줄 수 있도록 이름표를 달아

줄 생각입니다.

　엄마 아빠가 일하는 농장이 아니라, 가족이 모두 함께 참여하는 우리들 농장으로 가꾸어볼 생각입니다. 일요일이면 함께 나가서 물도 주고 풀도 뽑아주고 튼튼하게 자라도록 가지도 쳐주고 비바람에 넘어지지 않도록 지지대도 세워주고 끈도 매어주는 하나하나의 작업 과정을 넷이서 나누고 영농일지도 나름대로 써보자는 등 조잘조잘 얘기가 끝이 없습니다.

　아이들 컴퓨터 오락 시간이 늘어나면서 점점 대화가 줄어드는 문제를 어떻게 해결할까 고민했는데, 농사일을 같이 하기로 쉽게 결론이 났습니다. 농사일을 같이 하면 아이들과 많은 시간을 함께 지낼 수 있어서 좋고, 모자란 대화를 채울 수 있어 좋습니다.

　더구나 힘든 일을 나누어서 하다보면 엄마 아빠의 일도 이해하고 자신들의 고민도 자연스럽게 털어놓지 않을까 하는 소박한 기대도 가져봅니다. 보슬보슬한 흙을 만지면서 흙처럼 부드러운 마음도 닮아가고 돌도 골라내고 풀도 뽑다보면 작고 보잘것없는, 이름 없는 것들에게도 따뜻한 눈길을 보낼 수 있지 않을까요? 그러면 세상을 향한 마음도 그만큼 따뜻해지지 않을까요? 벌써부터 희망이 자꾸 잔가지를 칩니다.

　비로소 봄 향기로 가득한 이곳, 시골로 내려온 즐거움이 가장 큰 때가 되었으니 몸도 마음도 바쁘기만 합니다.

시골의 봄 향기

어제와 다른 아침이 있어 행복합니다. 모두 다 빠져나간 아침은 다시 고요와 평화가 찾아옵니다. 창문을 열어젖히고 먼지를 털어내고, 마음속의 찜찜한 생각들을 툭툭 털어냅니다.

남편이 보던 조간신문을 접어 치우고, 아이들이랑 남편이랑 벗어 던지고 간 파자마를 주섬주섬 집어 들면서 생각합니다. 한 놈 더 있으면 내가 돌아버렸을 거란 생각이 짧게 지나갑니다.

오늘 아침은 봄으로 다가옵니다. 드뷔시의 '달빛'을 걸어놓고, 까치발을 하고 사뿐사뿐 걸어봅니다.

엊그제 청천의 사과밭에서 쌍쌍파티를 하고 난 후유증으로 연탄불이 꺼졌고 남편은 하루 종일 연탄을 피우느라 종종대고, 오리를 담 밖으로 분가시키고, 옆집에서 준 '나무'(하얀 털북숭이 강아지)가 우리 집의 새로운 식구로 입적되고, 녀석들의 잠자리를 새로 마련하고, 벽돌을 세워 불을 지펴가며 연탄을 말려서 불을 피우고 밤새 들락날락거렸더니

물기 오른 황매화줄기에서 봄 냄새가 납니다. 연초록입니다. 내 고향집 탱자나무 가시 울타리에서 봄이 오듯, 우리 집 텃밭 명자나무 꽃눈에서, 수수꽃다리 꽃눈에서 봄이 찾아옵니다. 가슴으로 쏙 들어옵니다.

아침엔 뜨끈뜨끈합니다.

마당에 불을 피우면 참 좋습니다. 태울 수 있는 쓰레기들을 태워버리기도 하지만 모락모락 연기가 피어오르면 옛날 시골집 굴뚝이 생각납니다.

저녁 해가 큰 골 높은 산에 큰바위 얼굴처럼 걸쳐 있으면 집집마다 굴뚝에선 연기가 모락모락 피어났습니다. 지금처럼 가스레인지나 오븐이 없던 시절, 아니 석유곤로도 없던 시절, 가마솥에 누룽지가 따닥거릴 때, 불을 한소끔 더 지르면 노란 누룽지가 두 배로 늘어납니다.

밥도 모자란데 깜밥을 만들어놓았다고 어머니는 한소리 하십니다. 꼴까닥 군침을 삼키고 서 있는 막내딸을 보며 달챙이를 들고 누룽지를 닥닥 긁어내십니다.

달챙이는 할아버지 놋수저입니다. 달챙이는 가마솥의 누룽지를 긁을 때 한 역할 톡톡히 합니다. 뿐만 아니라 달챙이는 감자 껍질을 벗길 때도 칼날처럼 잘 벗겨냅니다.

전기밥솥에 밥을 하면 누룽지도 없고 달챙이를 쓸 일도 없습니다. 요즘에야 귀신처럼 잘 벗겨내는 감자칼이 있지만, 어쩌다 압력밥솥에 밥을 하면 누룽지가 눌 때가 있는데, 그때마다 어머니의 그 누런 달챙이가 생각납니다.

마당에 불을 피우면 다른 날보다 더 많은 추억들이 생각납니다. 연기에 눈물이 나고 손은 거칠해지지만 따닥따닥 콩대가 타들어갈 때마다 멀리 있는 오빠도 생각나고 언니들도 생각납니다.

마당에 수수꽃다리 밑에 있는 물기 오른 황매화줄기에서 봄 냄새가 납니다. 연초록입니다. 내 고향집 탱자나무 가시 울타리에서 봄이 오듯, 우리 집 텃밭 명자나무 꽃눈에서, 수수꽃다리 꽃눈에서 봄이 찾아옵니다. 가슴으로 쏙 들어옵니다.

새빨간 명자꽃 아래 달빛 맞으며 밤새도록 좋은 님들과 얘기하고 싶어집니다. 드뷔시의 달빛처럼 아름다운 밤에 명자꽃 노오란 속처럼 아름다운 사랑의 온기가 퍼집니다. 어서 4월이 오면 좋겠습니다. 수수꽃다리 꽃향기에 취해서 쓰러져도 좋으니 좋은 님들과 밤새도록 이야기를 나누고 싶습니다.

벌금자리를 먹으며

봄을 맞이한 세상은 다시 생명의 물결로 가득합니다. 어디든 초록빛깔로 물들어 있고 그 신비로운 봄 냄새는 항상 사람의 기분을 붕 뜨게 만듭니다. 이른 아침, 집 앞 저수지에서 피어오르는 물안개를 맞으며 봄이 이내 성큼 다가온 것을 알리는 들판의 풀 향기를 맡노라면 자연이 우리에게 깨닫게 해주는 불가사의한 이치를 생각합니다.

첫아이 때는 안 그랬는데 둘째 아이를 갖고는 꽤 심하게 입덧을 했습니다. 그땐 봄나물이 그렇게 먹고 싶어 일요일이면 종일 집 앞 들판을 미친 사람처럼 헤매며 돌아다녔습니다. 작은 칼 하나 쥐고선.

이곳에서 조금만 나가면 넓게 펼쳐진 음성 들판은 옛날 내 꿈을 키워주던 논산의 양촌 들녘처럼 따뜻한 느낌을 주지는 않지만 어디를 가보아도 옛날 무척이나 많이 뜯어먹던 냉이랑 쑥이랑 벌금자리가 지천에 널려 있는 점은 비슷합니다.

벌금자리 맛이 계속 입 안에서 뱅뱅 돌아 어느 일요일 집 앞 저수지

뚝방으로 나갔습니다. 그리고 시간 가는 줄 모르고 벌금자리를 뜯어 의기양양하게 집으로 돌아와 나물을 다듬기 시작했습니다. 시어머니와 아이는 아마 옆집에 간 모양입니다. 벌금자리 손질은 매우 손이 많이 갑니다. 달려온 잔풀과 짚부스러기를 일일이 골라내야만 합니다.

한 바구니나 되는 벌금자리에 찬밥을 싸서 입 안에 넣으려던 나는 갑자기 목젖이 울려와 한 입도 넘길 수가 없었습니다. 어릴 때 부엌 바닥에 모여 앉아 나물을 먹던 풍경이 오롯이 떠올랐기 때문입니다.

2남 4녀 중에 막내로 태어난 나는 아버지의 얼굴을 모릅니다. 내가 한 살 때 아버지가 돌아가셨습니다. 일찍 아버지가 돌아가시자 우리 식구들은 저마다 고생을 많이 했습니다. 일찌감치 어머니를 도와 밭 몇 떼기 농사를 짓기로 한 큰오빠와 어린 바로 위 언니, 그리고 나만 집에 남고 모두 타지에 나가 일하거나 공부를 했습니다. 언니와 나는 손쉬운 들일을 가끔 하거나 들판으로 나물을 뜯으러 다녔습니다. 그리고 온갖 들풀을 꺾어다가 소꿉놀이를 하면서 시간을 보내기도 했습니다. 그러다가 지치면 부엌으로 가서 엄마가 아침에 해서 부엌 시렁에 얹어놓은 보리밥을 먹었습니다. 대소쿠리에 담아 삼베로 덮어놓은 그 밥은 보리가 대부분이었습니다.

부엌 아궁이 뒤편으로 길게 나무 두 개를 얹어 만든 시렁에는 밥을 얹어놓거나 반찬을 얹어 보관했습니다. 말하자면 냉장고 구실을 했습니다. 그때 이미 동네에는 '새마을운동' 바람이 불어 집집마다 지붕도 고치고 새롭게 단장하기도 했는데 우리 집은 그럴 형편이 못 되었습니다. 나무를 때는 아궁이에 밥을 지어 먹었고 때때로 부엌 부뚜막에서 밥을 먹었습니다.

보랏빛 자운영 꽃밭에서 뒹굴고 놀다가 돌아와 언니와 나는 부엌의 시렁에서 밥을 내려 먹기 시작했습니다. 그런데 양은 점점 줄어드는데 조금도 배가 불러오지 않았습니다. 평소처럼 절반만 먹고 절반은 엄마와 오빠 몫으로 남겨두어야 하는데 언니나 나나 아직 그럴 생각이 없었습니다. 언니는 잠시 멈칫하더니 이내 밥을 계속 먹었습니다. 오이를 한 입 베어물던 나도 질세라 숟가락 가득히 밥을 펐습니다.

"그만 먹자." 하고 언니가 얘기했을 때는 이미 소쿠리의 바닥이 군데군데 드러나 있었습니다. 그제야 우리는 정신이 퍼뜩 들었습니다. 너무 정신없이 퍼먹은 것입니다.

달리 방법이 없었습니다. 우리는 아직 밥도 잘 못했습니다. 궁리 끝에 우리는 들판에서 뜯어온 벌금자리를 밥상 위에 한가득 올려놓기로 했습니다. 특히 큰오빠는 이 나물로 쌈을 싸서 한 입 가득 먹는 모습이 인상적일 만큼 벌금자리를 좋아했습니다.

이윽고 엄마와 오빠가 사립을 들어섰습니다. 부엌으로 들어온 엄마는 이내 전후사정을 감지한 듯했습니다. 그러나 엄마의 입에서는 큰소리가 나지 않았습니다. 마른 배를 쓸며 손을 씻고 부엌으로 들어온 오빠도 얼마 남지 않은 밥과 산더미같이 쌓인 나물을 보고는 빙그레 미소를 지었습니다.

엄마는 아무 말도 없이 소쿠리에 남은 한 그릇도 안 되는 밥을 그릇에 쓸어 담아 오빠 앞에 내놓았습니다. 언니와 나는 누가 먼저랄 것도 없이 앙 하고 울음을 터뜨리고 말았습니다.

"누가 때리기라도 했나?"

엄마는 입가에 미소를 지으며 벌금자리를 입속에 한입 넣고는 우물거렸습니다. 오빠도 밥상 앞에 앉더니 밥그릇을 자기와 엄마 중간에 놓고 나물쌈을 한입 쌌습니다. 언니와 나는 또 한 번 큰소리를 내며 울고 말았습니다. 엄마와 오빠는 웃고만 있었습니다.

부엌 바닥에 온 식구가 엉거주춤 앉아 울고 웃는 사이에 해가 지고 그렇게 아린 우리 어린 시절도 금방 지나갔습니다.

아버지, 오빠, 남편 노릇을 모두 잘하겠다는 남편을 만나 결혼하여 도회지에 살면서도 형편이 넉넉지 못해 맞벌이를 하느라 친정을 자주 찾지 못했습니다. 그간 너무도 정신없이 살아왔기 때문입니다.

모처럼 일요일에 벌금자리를 뜯어다 먹으려는데 어린 날 부엌에 둘러앉아 벌금자리를 한입 먹던 친정어머니의 그 따뜻한 모습과 추억들이 영화 장면처럼 부옇게 떠오르는 것은 왜일까요? 5월쯤에는 꼭 한번 친정어머니 얼굴을 보고 싶습니다.

누가 초인종을 울립니다. 아이와 옆집에 가신 시어머니가 돌아왔습니다.

"아니 이거 '벌거둑지'(벌금자리를 이르는 경상도 사투리) 아니냐. 야 이거 언제 먹어보고 못 먹었는데 어디서 났냐?"

들어오시자마자 식탁 앞에 앉으신 시어머니는 당장 한입 가득 나물

논둑마다 하얗게 쑥이 자라고 날이 갈수록 냉이며 벌금자리가 쑥쑥 자라납니다. 하얀 냉이꽃 필 무렵이면 언덕배기 과수원에는 여인네들이 옹기종기 모여 앉아 냉이를 캐며 수다를 떨고, 아이들도 덩달아 강아지처럼 뛰어다닙니다.

을 우겨넣으시고는 빙그레 나를 바라보십니다. 내 눈가에 눈물이 어린 것을 보시고는 "옛날 생각 나는 게로구나." 하시며 우그적우그적 부지런히 입을 놀리셨습니다. 그런데 꼭 그 모습이 옛날 어릴 때 부엌에서 보던 친정어머니의 모습이 아닙니까. 나는 시어머니에게 한 아름 쌈을 싸서 입에 넣어주고는 함께 웃었습니다. 옛날 고향집 부엌에서 흘러나오던 웃음소리와 똑같은 웃음소리였습니다.

다섯 평이 주는 행복

키다리 아카시아 꽃향기가 온 산을 휘감으며 나풀거리고 그 밑으로 다소곳이 앉아 피어난 찔레꽃이 눈부시게 아름다운 5월. 누가 찔레꽃을 슬프다고 하는가요. 콸콸, 모내기한 물꼬에 물 들어가는 소리가 시원합니다.

수로마다 물이 차 있는 것도 큰 복입니다. 하늘만 바라보며 하루하루 비가 내리기를 기다리는 다랑논 주인들에게 올해는 다행히 물 걱정 안 하고 모내기를 할 수 있으니 더없이 고마운 일입니다. 가물어서 물이 없으면 이웃끼리 물꼬 때문에 언성을 높이고 사이가 안 좋아지는데 올해 농사는 처음부터 순조롭습니다.

"자식 입에 먹을 것 들어가는 것과 내 논에 물 들어가는 것만큼 보기 좋은 게 없다." 하는 어른들의 말씀이 가슴으로 느껴집니다. 아쉽다면 모내기철에 빼놓을 수 없는 들밥 먹는 재미가 사라진 것. 머리에 똬리를 받치고 넓은 광주리 가득 들밥을 내오던 아낙네들의 발걸음이 뚝 끊기고 맥주와 보온병에 담아온 커피를 논둑에 앉아 마시는 게 요즘의 풍속도입니다.

지난 5월 초 가까스로 비닐집을 완성하고 두둑을 만들어 고추를 심었습니다. 고추모를 앞에 놓고 아이와 우리 부부는 두 손 모으고 기도했습니다. 고추 농사 잘 지어서 아이들 맛있는 것도 사주고, 부모님 용돈도 보내드리고, 우리 고추를 기다리는 많은 이웃들에게 땅 품속에서 안전하게 자란 건강한 고추를 보내드릴 수 있기를 아주 간절히 기도했습니다. 아이도 따라서 눈을 꼭 감고 기도했습니다.

가슴이 두근두근 떨립니다. 아이를 처음 초등학교에 입학시키는 기분입니다. 정말 한 포기 한 포기 자식 같은 마음으로 아무 탈 없이 잘 자라주기를 빌었습니다. 장날에 산 고구마 싹이랑 참외 모종을 귀퉁이마다 심으니 아이들 간식거리 준비 끝.

며칠 전 심은 옥수수는 벌써 한 뼘이나 자랐습니다. 두 알이 나온 것도 있고 세 알 모두 나온 것도 있습니다. 씨앗은 한 구멍에 세 알을 심습니다. 한 알은 하늘의 새들에게, 한 알은 들에 사는 짐승들에게, 한 알은 사람에게 골고루 나눈다는 뜻입니다.

지난해에는 밭이 산 밑이어서 씨앗마저 새들에게 거의 빼앗기고 두세 번 모종으로 심은 옥수수마저 자라기도 전에 산짐승들에게 모두 바치고 말았습니다. 지난해 짐승들에게 많이 보시했으니 올해는 우리 아이들 간식거리 좀 많이 열리겠지 하는 욕심이 앞섭니다. 우리 아이들 한자리에 앉아 다섯 자루씩 맛있게 먹어대니 엄마 아빠는 잘 여물지 않은 옥수수로 먼저 손이 갑니다.

고추심기가 마무리되고 그동안 손대지 못한 농기계실로 쓰는 작은 비닐집과 컨테이너를 정리했습니다. 일하다가 잠시 쉴 수 있는 공간입니다. 나무 그늘 하나 없는 밭이라 점심도 먹고 차도 마시는 공간으로 꾸몄습니다. 낡은 살림살이를 이곳에 놓으니 옛날 생각이 많이 납니다.

아이들 어렸을 때 솜씨자랑으로 해놓은 작은 액자도 걸고, 시골집마다 벽면을 가득 채운 가족사진첩처럼 우리도 결혼사진은 물론, 아이들 걸음마할 때부터 유치원, 초등학교 소풍, 가족 여행 때 찍은 사진들을 낡은 액자에 가득 채워 거니 시골집처럼 정겹고 편안해집니다.

아이들도 좋아합니다. 집하고는 다른 느낌인가 봅니다. 텔레비전도 없고 컴퓨터도 없지만 엄마 아빠가 보던 오래된 책들도 조금 있고, 아이들 어렸을 때 갖고 놀던 레고 장난감을 갖다놓았더니 중학생이 된 큰 아이도 동생과 어울려 아주 재미있게 놉니다.

비 오는 날 차를 마시면 어느 멋진 산장 부럽지 않습니다. 컨테이너 철판 위로 떨어지는 빗소리는 아주 옛날 추억 속으로 빠져들게 합니다. 슬레이트 지붕에 커다랗게 자리한 함석 차양에 떨어지는 빗소리가 다시 들립니다.

먼지 한 점 없이 파란 하늘을, 요술 같은 하얀 뭉게구름을, 해가 산 허리를 꼴까닥 넘어가는 영화보다 아름다운 저녁노을을 실시간으로 보여줄 수 있으니 올해 아이들에게 가장 좋은 선물을 한 셈입니다. 아이들이 주말에는 컨테이너에서 자자고 합니다. 엄마랑 아빠랑 한 방에 나

란히 누워서 옛날이야기도 하고, 엄마 아빠 어렸을 때 얘기도 해달랍니
다. 도시에서 내려오면서 제일 먼저 아이들에게 해주고 싶은 일들을 이
제야 해줄 수 있으니 사실은 엄마 아빠가 더 기다려집니다.

한 이불 속에서 도란도란 이야기를 나누다가 아이들이 잠들면 아이
들에게 편지를 쓸 것입니다. 창가에 별이 유난히 빛나던 참 아름다운
밤이었다고. 이 다음에 아이들이 자라서 이곳의 향기를, 이곳의 색깔을
빠짐없이 기억하기를 기도한다고.

새로움을 향하여

봄방학도 끝나고 새로운 학기가 시작되었습니다. 변함없이 풍성함과 깊은 휴식을 주는 땅도 자신의 소명을 다하기 위해 서서히 기지개를 켜고 한 해 농사의 시작을 알립니다. 물소리, 바람소리가 맑습니다.

남편은 한 해 농사를 시작하기에 앞서 그동안 별러온 문경 새재 행을 준비했습니다. 이제 중학생이 되는 큰아들과 초등학교 3학년에 올라가는 둘째아들 손을 잡고 집에서 승용차로 한 시간 정도 가야 하는 문경 새재를 꼭 걸어보겠다는 것입니다.

몸도 좀 불편했지만 남자들만의 시간을 한번 가져보라고 나는 집에 남았습니다.

"큰놈은 중학교 3년 건강히 잘 마치겠다는 결심으로, 작은놈은 초등학교 제3학년을 시작하니 어린이 티를 벗겠다는 결심으로, 아빠는 농사일 시작되었으니 체력 점검 차원에서 제3관문까지 낙오자 없이 출발!"

고향이기도 한 문경 땅으로 가는 남편도 좀 설레는 듯했습니다. 고향 땅 가까이 귀농해서 가끔 아들 손 잡고 성묘 가는 길을 꽤 즐기기도 합니다. 고향에서 느끼는 푸근함을 땅을 밟으며 느끼는 듯도 했습니다.

문경 새재는 산세가 높고 험해 새도 날아서 넘기 힘든 고개라는 뜻으로 이름이 붙었습니다. 옛날 새재 이남 사람들이 한양에서 과거를 치르기 위해 꼭 지나던 길입니다.

임진왜란 이후 제1관문(주흘관), 제2관문(조곡관), 제3관문(조령관)을 만들었는데, 길이가 7킬로미터, 왕복 14킬로미터니 아이들에겐 좀 무리이겠다 싶었습니다. 남편도 내심 제2관문 정도에서 아이들 상태를 보고 돌아 내려오겠다면서 집을 나섰습니다.

그로부터 다섯 시간쯤 지났을까? "엄마! 제3관문이야." 하는 큰아들의 목소리가 전화로 들려왔습니다. 뭔가 해냈다는 벅찬 기쁨이 가득 배어 있었습니다.

마침내 어두컴컴해서 집으로 돌아온 세 남자는 배고프다며 큰 양푼에 밥을 비벼 나눠 먹고는 똑같이 목욕탕으로 들어갔습니다. 웃고 떠들며 서로 몸을 씻어주고 나와 엄마에게 들으란 듯이 오늘 있었던 일들을 전해줍니다.

얼마나 힘든 줄 아느냐, 다리가 떨어져 나가는 줄 알았다, 모두 제2관문에서 내려오거나 택시 타고 돌아오더라, 소원 비는 바위에서는 오락시간 늘려달라고 빌었다, 제2관문 지날 때 제일 힘들었는데 아빠가 다리지압을 해줘서 고비를 넘겼다, 옛날 과거 길을 걸어보니 옛 사람들 고생을 알겠더라……. 두 아이의 재잘거림이 끝이 없습니다.

"그런데 아빠와는 무슨 얘기 했니?" 하는 내 물음에는 "그건 남자들만의 비밀."이랍니다.

이 남자들 봐라. 엄마만 빼놓고 갔다 오더니 서로 나눈 얘기들은 하나같이 입을 다뭅니다.

남편은 집을 떠나기 전 중학생 아들과 길을 걸으며 할 얘기가 있다고 했습니다. 어떤 얘기를 나누었을까? 무척 궁금했지만 그냥 모르는 것이 낫겠다 싶습니다.

이제 농사일 시작되었으니 아빠 농사일 열심히 도와 땅의 소중함과 자연의 축복을 함께 느껴보자는 얘기를 했거나, 자립해서 걸어가야 할 중요한 출발점에 서 있으니 무엇이든 혼자 결정하고 행동에 책임을 지라고 했거나, 또 우리나라 곳곳을 걸으며 길에서 만나는 사람들 사는 모습에서 새로움을 만나자고 했거나, 뭐 대충 그런 얘기들 했겠거니 하고 묻어둡니다.

새 학기, 농사 시작에 앞서 세 남자가 서로 의지를 시험해보았다는 데 큰 의미가 있으므로 그들이 나누었다는 얘기들은 몰라도 큰 상관이 없겠다 싶습니다.

남편은 시골 내려와 재미있게 사는 모습, 그렇게 땅에서 사는 모습 그대로 보여주는 것이 귀농한 사람의 의무라고 했습니다. 그래서 도시 사람들 샘나게 해주는 것이 우리의 즐거움이라고 했습니다. 그런 즐거움 가운데 하나인 이번 여행에 세 남자는 기꺼워하며 힘든 발걸음을 옮겼으리라 짐작합니다.

그러나 한편으로 나약한 엄마만 떨어뜨리고 남자들만 한편이 되어 재미난 여행을 한 것 같다는 시샘이 마음 한구석에서 모락모락 피어납니다. 다음 차례로 약속했다던 우리 사는 지역을 걸어보는 여행에서도 엄마를 또 빼놓으면 엄마고 뭐고 "나 안 해, 나 안 해!"

아름다운 도둑

이른 아침 맑은 국물에 밥 한 숟갈 넣어서 의식을 치르듯 늘 그 시간에, 더도 덜도 없이 늘 그 자리에서 아침을 먹습니다. 잠시 남편과 아침 여유를 한껏 부릴 수 있는 때는 차에 시동을 걸어놓고 집 앞 텃밭을 둘러보는 시간입니다.

몇 가지 안 되는 반찬을 냉장고에 넣으며 재빠르게 주전자에 물을 올리고 커피를 탑니다. 울타리로 심은 해바라기가 벌써 내 키를 훌쩍 넘어 그늘을 만들어줍니다. 아이들 우산만큼 커진 해바라기 잎새에 얼굴을 가리고 커피 한잔을 나누어 홀짝거립니다.

꽃병만 한 찻잔, 따뜻한 온기, 쑥스러워 말로만 하는 모닝키스, 차창 안으로 얼굴을 들이밀고 뽀뽀~ 하면 "동네 사람들에게 혼나." 백미러로 윙크하고 트럭 운전수는 밭으로 떠납니다.

"건강하게 자라다오." 집 앞 텃밭을 한바퀴 돌며 인사를 나눕니다. 오늘도 어제처럼 대문에 걸린 사피아나에 물을 주고 다시 걸어놓는데 낯선 검은 봉지가 담장 위에 놓여 있습니다.

"도둑고양이가 뜯지 못하게 쓰레기를 올려놓았나?"

저녁 설거지를 하고 쓰레기를 버리는 일은 남편의 몫이라서 뛰어들어와 전화를 걸었습니다.

"담장 위에 검은 봉지 뭐예요?"

"몰라. 열어봐."

"무서운 거면 어떡해요?"

순간 무서운 생각이 휙 스쳐 지나갔습니다. 손가락으로 찔러보았더니 물컹한 느낌이 쓰레기는 아니었거든요. 열어보지 않고는 더 무서워져 고무장갑을 끼고 대문을 쾅 열고 나가서 용감하게 열어보았습니다.

어머나! 맛있게 익은 오이지가 뽀얀 봉지에 들어 있습니다. 아름다운 도둑님! 옆집에 사는 아이 친구의 엄마였습니다. 시부모님에 시할아버지까지 모시고 사는 그녀는 말이 없고 조용하며, 가끔씩 담 너머로 "인안이 엄마!" 하고 부르며 차를 마시러 오는 좋은 친구입니다.

텃밭에서 호박을 따 오다가, 오이를 따 오다가 몇 개씩 덜어주고 가는 그녀는 이 동네의 단 하나뿐인 인심 좋은 젊은 새댁입니다. 아직 그녀의 이름도 모르지만 조용조용 이야기하는 그녀가, 아무 말 없이 시집살이하는 그녀가, 먼저 와 말 걸어주고 친구 해주는 그녀가 그냥 좋아집니다.

며칠 전 우리 집에 와서 요리책을 보다가 시원한 여름 요리에 오이지가 나왔는데, 내가 "밥맛 없을 때 참 맛있는데." 했더니, 그걸 기억해

두었다가 오늘 아침 우리가 콜콜 자고 있는 시간에 몰래 두고 간 것입니다. 시어머니께서 담가놓은 오이지를 냉큼 집어줄 수 없는 게 며느리거늘, 며칠을 두고 눈치를 살피다가 오늘 아침에야 기회를 본 것입니다.

차갑게 이슬이 맺힌 오이지를 얼른 냉장고에 넣었습니다. 아껴서 아껴서 조금씩 먹고 남겨두었다가 손님 반찬으로 올려도 너무 좋겠지요?

옆집 할머니 몰래 새콤달콤 무쳐서 맛난 오이지를 먹어야겠어요. 어여쁜 도둑님 덕분에 놀란 가슴, 그녀 닮은 오이지로 말끔하게 가라앉았습니다. 아마도 도둑님을 사랑하게 될 것 같아요!

내일 다시 일어날 수 있을까

산이 옷을 갈아입었습니다. 머뭇거림도 없이 홀딱 벗어 던지고 변신을 합니다. 뭉게구름처럼 산 벚꽃이 흐드러진 산골짜기에서 수줍은 산새들의 잔치가 열리나 봅니다. 언덕 위에 논두렁 위에 바위틈에 눈부시게 하얗게 피어난 조팝나무꽃이 온통 축제를 알립니다. 온갖 새들의 노랫소리가 바로 봄의 왈츠인가요?

농장에 해가 저물면 고요하던 저수지에는 어디선가 물오리 한 쌍이 놀러 와서 물살을 가르고 사랑을 나누며 노닙니다. 연초록 버드나무 사이로 하얀 백로가 날개를 활짝 펴고 소리소리 지르며 사랑을 찾습니다.

노오란 융단을 깔아놓은 듯 꽃다지꽃이 한창입니다. 그 사이로 하얀 냉이꽃이 수를 놓습니다. 노란 민들레, 하얀 민들레 옹기종기 모여 앉아 해 지는 줄 모르고 수다를 떱니다.

바야흐로 농번기. 산비탈에선 가끔 정다운 소리가 들려옵니다.

"이랴! 이랴! 어이~."

목청 한층 돋운 할아버지 밭 가는 소리입니다. 요즘이 어떤 세상인데 소가 쟁기를 끄느냐고 물으신다면…….

아침 한나절 할아버지와 소가 발맞추어 갈아놓은 밭고랑은 사랑하는 조카 세 살배기 제원이가 손가락을 몇 번이나 오므렸다 폈다 해야만 셀 수가 있습니다.

논에 물 대는 소리, 삽 등살로 논두렁 다져 못자리 만드는 소리, 털털털 경운기로 밥 나르는 소리, 휘발유 연기 뿜으며 비닐 씌우는 관리기 소리……. 할 수만 있다면 자연의 소리만 듣고 싶은데 비닐도 씌워야 풀을 이겨낼 수 있고, 땅의 수분 증발을 막는다 하니 어찌하랴? 그래야 터무니없이 싸게 밀고 들어오는 외국 농산물과 경쟁할 아주 작은 낱알을 거둘 수 있다니…….

몇 백 년 동안 썩지 않는 폐비닐인 줄 알면서도 눈을 질근 감습니다. 아이들 어려서도 종이 기저귀만은 안 쓰려고, 덜 쓰려고 단잠을 설치며 노력했는데 허사로다. 서울서 내려온 신참 농부에 유기농이라…….

지나시던 어른들께서 끌끌 혀를 내두르십니다.

"제초제 안 하믄 하나도 못 건져."

"……."

좋은 것만 보고, 좋은 것만 먹고, 아이들과 실컷 뛰어놀려고 내려와놓고, 깜깜해져서야 밭에서 돌아와 보면 아이들은 지쳐 있고, 우리 부부는 파김치가 되어 있습니다.

서둘러 팔 걷어붙이고 부엌으로 들어가는 신랑 보면 안쓰럽고, 고맙

"이랴! 이랴! 어이~." 목청 돋운 할아버지가 밭 가는 소리가 울려 퍼집니다. 논에 물 대는 소리, 삽 등살로 논두렁 다져 못자리 만드는 소리, 털털털 경운기로 밥 나르는 소리……. 봄이 오는 정 겨운 소리가 들려옵니다.

고, 미련스럽습니다. 고생을 덤터기로 사서 하는 미련퉁이, 새까맣게 그을린 얼굴 덕분에 못생긴 이가 하얗게 드러나는 게 꼭 외국인입니다.

이 화창한 봄날이 내 가슴속으로 파고들어오면 미칠 것만 같습니다. 허리가 부러지고, 손이 탱탱 부어서 주먹을 쥘 수가 없어서, 내일 과연 내가 다시 일어날 수 있을까 하는 생각을 하다가 잠이 들면, 거짓말처럼 내일 아침에는 벌떡 일어납니다.

창문 틈새로 수수꽃다리 향기가 솔솔 들어옵니다. 킁킁 코를 벌름거리다가 일어나 창문을 열면 화사하게 웃는 얼굴, 수수꽃다리.

달빛에 빛나는 눈꽃 같은 수수꽃다리

항아리 위에 그림자를 드리우고

그 속에 향기를 묻었다가

아침이슬 흠뻑 머금은

뽀얀 색시 얼굴로

모닝콜

오리가 알을 낳았어유

신부는 '비'고요, 신랑은 '해'입니다. 둘은 사랑도 없이 어느 날 갑자기 결혼식을 해버렸습니다. 주인도 모르게 합방을 해버렸어요 글쎄.

얼마 전 학교에 가려던 아이들이 대문을 나서더니 소리소리 지르며 호들갑을 떨었습니다.

"엄마, 아빠, 오리가 두 마리야!"

뛰어나가보니 정말로 오리가 두 마리였어요.

"어떻게 된 거지?"

진상을 파악하느라 학교 가는 것도 잊어버린 녀석들을 서둘러 학교로 보내고 곰곰이 생각했어요.

지난 설날에 남편은 어머니와 함께 고향 문경에 성묘를 갔어요. 저녁 늦게 돌아온 두 사람은 차에서 짐을 한보따리 내렸지요. 그런데 마당에 들어오신 어머니는 대뜸 큰 솥단지를 찾으시고, 남편은 마당에 불을 지필 준비를 하는 거예요. 왜 그러냐고 물었더니 작은아버님께서 오리를 한 마리 주셨는데, 삶아서 아이들 먹이라고 하셨대요.

살겠다고 부대 속에서 꿈틀대는 오리를 먹기 위해 피를 보겠다고 덤비는 두 사람과 잠시 신경전이 오갔습니다. 정초부터 왜 살생을 하려느냐고 화를 냈어요. 애들도 나와서 오리를 죽이지 말라고 거들어주어서 다행히 살아남은 것입니다.

아이들과 머리를 맞대고 오리의 이름을 공모한 끝에 '비'라는 예쁜 이름으로 우리 가족이 되었어요. 마당에 풀어놓은 오리는 절뚝거렸습니다. 날개를 다친 것 같았어요. 며칠을 뒤뚱거리며 다니더니 곧 나아졌고, 조금씩 날기까지 했습니다.

그런데 문제가 발생했습니다. 온 마당이 오리 똥으로 범벅이 돼서 그대로 방치할 수가 없었어요.

더 심각한 일은 화장실 옆에 자리를 차지하고 있는 오리 때문에 작은놈이 화장실을 못 가고 종이를 펴놓고 그 위에 볼일을 보는 사태가 벌어졌어요. 그래서 대안으로 오리를 담장 밖으로 분가시키기로 결정하고 오리 집을 만들었습니다.

부부가 살 집을 손수 지은 경험이 있는 노광훈 선생님의 도움을 받아 한나절 만에 오리 집은 완성되었고, 오리는 분가를 했습니다.

이제 새집도 장만하고 새살림을 차렸는데 정작 신랑이 없는 게 문제였어요. 비의 신랑을 구해줘야 하는데 늘 걱정이었습니다. 그런데 어느 날 아는 분을 따라 이웃 마을에 마실을 갔다가 그 목사님 댁에 오리가 있다는 얘기를 들었어요. 반가워서 오리를 한 마리 팔라고 했더니, 그냥 주시겠대요.

그러고도 한참이 지났는데 그날 저녁에 우리가 집을 비운 사이 그분이 오리를 가져다놓으신 거예요. 졸지에 비는 늠름한 총각을 신랑으로 맞이하고 저희들끼리 결혼식을 한 거지요. 그날 밤에.

비의 신랑을 '해'라고 이름 지어주고 싸우지 말고 오순도순 살라고 먹이도 넉넉하게 줬습니다. 남은 음식 쓰레기는 모두 이들 차지가 되었고요.

하하하, 이렇게 신기한 일이······.

첫날밤을 치르자마자 비는 알을 낳았어요. 달걀 크기의 두 배나 되는 알을 쏘옥 낳았어요. 둥지도 제대로 마련해주지 않았는데 비와 해의 공동작품이 그렇게 빨리 나올 줄은 꿈에도 몰랐지요. 혹시나 알이 깨질까 봐 담 밖으로 밀어내놓고 주인을 기다리는 비와 해가 얼마나 대견스럽던지 그날 아침을 잊을 수가 없습니다.

그날 아침 오리 알을 씻어서 들고 우리 부부는 하하하 크게 웃었습니다. 해방의 기쁨만큼 유쾌한 웃음소리가 담장 밖으로 넘어갔습니다.

비의 결혼식 다음날이었습니다. 이장님 댁으로 찾아가 확성기에 대고 말하고 싶었습니다.

"다정하신 읍내리 주민 여러분 여러분~. 우리 집 오리가 이따만 한 알을 낳았어유 낳았어유~."

햇볕은 쨍쨍 모래알은 반짝

뽀얀 코티 분처럼 땅은 메마르고 쩍쩍 갈라지는데 속이 타들어가는 것처럼 애간장을 태웁니다. 4월은 내내 비가 내렸고, 5월은 내내 뙤약볕입니다.

아직 아주심기도 하지 않은 어린 싹들이 비닐집 속에서 기다리고 있는데, 비닐멀칭을 하지 않은 고랑에서는 풀들이 카펫처럼 밀고 나옵니다. 손가락 하나 꽂을 만한 빈틈도 안 주고 명아주와 바라기가 난리가 났습니다. 지난주에 옮겨 심은 배추와 총각무는 고개를 숙이고, 점점 노랗게 떠가는데 어쩔 도리가 없습니다.

내 목이 타들어갑니다. 농사는 하늘과 같이 짓는다더니, 아침부터 저녁까지 쉴 새 없이 뛰어다녀도 흔적조차 없습니다. 따로 일정표도 없습니다. 발길 닿는 곳에 일이 터지면 바로 처방전으로 들어가야지 앞뒤 가려가며 일을 할 수가 없습니다. 내일은 뭘 해야지 하고 계획하지만 언제나 목표치의 절반도 못 하고 해가 저뭅니다.

농약과 제초제에 의존하는 마을 어른들이 우리 모습을 보고 그냥 외면하지 않습니다. 일손은 없고 풀만 무성한데 그나마 입에 풀칠하려면 약 안 쓰고는 못 한다고 목소리를 높이십니다. 지나시던 어른들마다 우리 밭을 보고는 걱정이 태산입니다.

"풀 안 잡으면 밭에도 못 들어가."

제초제 뿌리면 뿌리까지 싹 죽는데 웬 고생이냐고 걱정입니다. 우리는 풀은 뒷전이고 물이 걱정입니다.

고민 끝에 계곡물을 호스로 연결해서 밭에 물을 대기로 했습니다. 길게 호스를 연결하자 먼지 풀풀 날리던 밭에 물이 스며들어가는데 내목이 다 시원해졌습니다. 어린 아기에게 젖을 물린 것처럼 짜릿한 전율이 느껴졌습니다. 물꼬 때문에 싸움 나는 건 이런 마음 때문일 겁니다. 멱살잡이하고 목숨 걸고 싸움하는 건 이런 애틋함이 있어서일 겁니다.

내 자식과 똑같은 마음으로 정성을 다합니다. 일주일 내내 호스를 들고 이리저리 다녔더니 이제야 비님이 내립니다.

축복입니다. 이보다 더 간절한 축복이 있을까요? 목숨 같은 빗물입니다. 지금 이 순간 그 어느 것과도 바꿀 수 없는 간절한 기도일 수밖에…… 너무나 고마워서 그대로 비를 맞으며 밭에 나가 오이 밭에 끈을 매줍니다.

내일은 넘어진 고추를 잡아매줘야지. 다시는 넘어지지 않도록 성벽처럼 북을 줘야지.

재래식 뒷간에 앉아

휘영청 밝은 달이 동산 위 키 큰 아카시아 나무 위에 걸려 있습니다. 만삭의 몸을 하고 세상의 모든 이에게 복을 내려주고 있습니다. 무엇을 소원하면 들어주실까요? 꼭 한 가지만 들어주시려나? 욕심 부리면 안 되겠지요? 꼭 한 가지 소원만 빌어야겠습니다.

좋은 님들이 사는 곳에도 이렇게 예쁜 달이 떠올랐겠지요? 우윳빛 달님에게 취해서 하늘만 바라다보고 있습니다.

보름이라 집 안의 먼지를 털어내고 화장실 청소를 신나게 했습니다. 유리처럼 반짝반짝 빛나게 닦아내고 나니 마음도 맑아졌습니다. 언젠가 봉화에 계시는 정호경 신부님 댁 재래식 화장실에서 본 글귀가 생각 납니다.

바듯이 한 사람 들고 날 수 있는 공간에 차려진 통나무 화장실에서 한참을 앉아 있었습니다. 재래식 화장실에서 나는 냄새를 잊어버릴 만큼 짧은 글귀에 눈을 박고 다리가 저리도록 앉아 있었습니다.

누런 골판지에 정갈한 글씨체로 쓴 글입니다.

홀로 있는 시간은 축복입니다. 똥, 오줌은 흙과 하나 되어 온갖 생명을 낳아 키우는 어머니입니다. 흙이 싫어하는 휴지, 기저귀, 생리대는 휴지통에 넣어주세요.

숲길을 홀로 걷는 느낌처럼 맑았습니다. 물소리 도란도란 들리는 개울처럼 깨끗했습니다.

그리고 기분 좋은 화장실을 또 만났습니다. 봉화에 귀농한 선배님 댁 뒷간입니다. 하늘빛 담고 바람들 쉬어가는 호젓한 뒷간이었습니다. 볼일을 보는 사람들에게 기쁨을 주는 글귀가 있었습니다.

모쪼록 많이 싸서 농사에 보탬이 되게 해주십시오.

주인의 넉넉한 인심이 찾아온 객들에게 전해져 편안함을 주는 그 짧은 글귀는 그 집안을 더욱 빛나게 만들었습니다.

화장실은 여러 얼굴로 사람들을 기다립니다. 어디선가 들른 화장실은 이름이 특이했습니다. '근심을 해결하는 곳'이라 적힌 그곳에는 시한 편이 담긴 액자가 벽에 걸려 있었습니다. 근심도 해결하고 서정주님의 '국화 옆에서'를 감상하고 나오니 기분이 아주 좋았습니다.

몇 년 전부터 화장실에는 아름다운 글들이 많이 적혀 있습니다. 가장 많이 보는 "아름다운 사람은 머문 자리도 아름답습니다."라는 글은 아름다워지고 싶은 마음이 전해지는 글입니다.

요즘은 카페 같은 화장실도 많지만 오늘처럼 달이 휘영청 밝은 날에는 엉덩이가 시린 그 시골집 재래식 뒷간이 그리워지네요.

밤나무 아래 벤치를 놓아야지

바람에 자꾸 밤나무 이파리가 날아다닙니다. 쓸어 모아두면 어느새 골목을 어지럽게 해서 깔끔하신 옆집 광일이 할머니께 눈치가 보입니다. 그렇잖아도 우리 집 밤나무를 탐탁지 않게 여기는 아주머니들이 벌써부터 베어버리라고 말씀합니다. 밤도 열리지 않으면서 골목만 어지럽힌다고 하신 말씀입니다. 우리 맘대로 주인집 밤나무를 베어버릴 수도 없거니와 나는 유난히 밤나무가 좋습니다.

텃밭과 골목길을 구분 짓는 경계선이 되기도 하고 여름에는 밤꽃 향기에 취해서 창문 열어놓고 밤늦도록 소곤소곤 얘기를 나누며 즐깁니다. 밤송이가 열리고 추석 무렵에는 신기하게도 입을 쫘악 벌립니다. 아침마다 일어나서 떨어진 밤톨을 줍는 재미도 쏠쏠합니다.

오늘은 날을 잡아서 낙엽을 쓸어 모아 태웠습니다. 주변에 널려 있던 나뭇가지들이며 옥수숫대를 걷어서 태우고 있는데 동네 어르신께서 지나가시다가 자전거를 세우고 묻습니다.

할아버지 : 올해 농사를 지어보니 어뗘? 많이 손해지?

서 울 댁 : 할아버지, 안녕하세요? 올해는 정식으로 농사를 못 지었
어요. 남의 농사를 지으면서 배웠습니다.

할아버지 : 응 그려? 그럼 잘 모르겠구먼. 농사는 짓는 만큼 손해여.
기계값에, 농약값에, 인건비에, 남는 게 없어. 골만 빠지는겨.

서 울 댁 : 잘 모르겠어요. 애들 아빠가 맘은 편하대요. 서울서 사는
동안 꽤나 힘들었나 봐요.

할아버지 : 서울서는 뭔 직장 나갔어? 여기보다 월급도 괜찮았지?

서 울 댁 : 신문사에서 일했어요. 일이 많아서 늘 지쳐 있었고 업무
상 술도 많이 먹었어요. 여기서는 그런 데서 해방된 것 같아요.

할아버지 : 그럼 먹고사는 건 어뗘? 아직 애들이 어리던디.

서 울 댁 : 하하하! 할아버지, 저희들 굶을까 봐 걱정 많이 되시죠?

할아버지 : 굶기야 하겄어? 그런디 내 말은 돈은 한평생 버는 게 아
녀. 돈도 때가 있는 법이여. 젊어서 돈을 벌어놔야 자식한테도 원망 안
듣고 노후에도 손 안 벌리고 살어. 나는 평생을 빈하게 살았어. 돈을 벌
려고 많이 힘썼지. 근디 잘 안 되더라고 그것이. 나는 술도 많이 안 먹
지, 노름도 안 하지, 계집질도 안 하지, 이제는 담배도 끊으려고. 벌써
아홉 달째여. 그러니 이제 거지반 끊은 거지. 가난하지만 열심히 살려
고 손가락질 안 받으려고 여지껏 살었어. 누가 저놈 나쁘다는 소리는
안 하겄지. 그걸로 사는겨. 우리 아버님도 나랑 똑같으셨어. 평생 부자
가 되려고 노력했지만 가난하게 살다가 가셨단 말이야. 돈이란 게 참

우스운겨. 주위에서 보면 정말 개처럼 살아도 돈이 많은 사람이 있고, 부모 잘 만나 그 많은 유산 갖고 펑펑 쓰다가 다 날려버리는 사람도 여럿 봤어. 돈은 내가 따라가는 게 아녀. 돈이 내게로 와야 하는 거여. 그건 내가 팔십 평생 살아본 진리여.

할아버지는 눈을 지그시 감고 젊은 날 고생스럽던 기억을 떠올리시나 봅니다. 아니 당당하게 바르게 열심히 사신 후회 없는 지난날을 젊은 새댁에게 조근조근 털어놓으십니다. 오래된 낡은 자전거가 참 잘 어울리시는 멋진 할아버지께 절로 머리 숙여집니다.

봄에 불쑥 나타난 서울 새댁네가 내심 걱정이 되셨나 봅니다. 애들도 어린데 농사를 짓겠다고, 농사일이라고는 한 번도 안 해본 사람 같은데 어쩌려고 왔나 걱정이 되시더라고…….

옆집에서 구급차에 실려 가도 모르는 세상에 우리 집 앞을 지나실 때마다 우리 집 마당을 지켜봐주시는 저 윗동네 사시는 할아버지와 동네 어르신들이 참 고맙습니다. 같이 더불어 살아가는 곳이 바로 세상이라는 것을 가르쳐주십니다.

내년에는 밤나무 밑에 튼튼한 벤치를 하나 놓고 싶습니다. 동네 어르신들 쉬어 가시라고.

자연은 얼마나 오묘한가요?

눈부시게 하얀 햇빛이 마당에 쏟아집니다. 꽃보다 아름다운 하얀 뭉게구름, 화사한 꽃무늬 이불, 주황색 나일론 빨랫줄, 무겁게 빨랫줄을 들어올린 빨랫대…….

지난해 병치레를 하고 살아난 자두나무는 열매를 솎을 필요도 없이 아주 적당히 열렸습니다. 자두나무 아래 미나리가 옹기종기 모여 앉아 있습니다.

쏟아지는 햇빛이 아까워서 이불 빨래를 했습니다. 커다란 고무 통에 이불을 적시고 반바지 차림으로 들어가 시원하게 밟습니다. 빙글빙글 돌다가 올려다본 하늘은 예술입니다. 호스를 발가락 사이에 대고 아이처럼 물장난을 쳐봅니다. 마당에 수도꼭지가 있어 참 좋습니다.

작은녀석은 수도꼭지를 틀어놓고 사방으로 물을 뿌리며 장난을 합니다. 스티로폼 상자에 홍화씨를 심어놓고 얼마나 애지중지 아끼고 물을 주는지 아빠가 밭에 심어놓은 홍화보다 두 배는 더 큽니다.

화단에 금낭화가 요염한 자태를 뽐내며 서 있고, 조롱조롱 앙증맞은 금낭화에 질세라 뻐꾹채도 미스코리아처럼 늘씬한 키를 자랑하며 서 있습니다. 보랏빛 꽃이 참 아름답습니다. 뻐꾸기 올 때를 기다려 핀다는 뻐꾹채입니다. 핑크색 솜방망이 같은 꽃봉오리 밑에 붙은 비늘잎이 뻐꾸기 가슴 털 색깔처럼 보인다고 해서 붙은 이름입니다. 엉겅퀴처럼 생긴 꽃 뻐꾹채를 몰라보고 내 맘대로 엉겅퀴의 변종이라 생각했으니 얼마나 서운했을까요?

요즘 농장에서 일을 하다보면 갖가지 새들이 울어댑니다. 그중에 뻐꾸기 울음소리가 참 좋습니다. 시골 정경과 제일 잘 어울리는 새가 뻐꾸기입니다. 해질 무렵 쉬지 않고 울어대는 뻐꾸기는 일 그만하고 이제는 집에 돌아가라고 채근하는 것 같습니다. 뻐꾸기가 오기를 기다리는 꽃 뻐꾹채가 있으니 자연은 얼마나 오묘한가요?

첫 번째 이야기

이름도 알 수 없는 새가 우리 집 마당에 집을 짓고 새끼를 낳았습니다. 참새처럼 몸집이 작고 귀여운데 꼬리가 몸채만큼 깁니다. 새 부부는 쉴 새 없이 무엇인가를 물고 황매화 우거진 숲으로 들락거리더니 며칠 전에 새끼를 낳았습니다.

어미가 먹이를 물어올 때마다 짹짹짹 아우성입니다. 차들이 씽씽 달리는 시끄러운 집이 아니어서 얼마나 다행입니까? 새들이 둥지를 만들고 알을 낳고, 새끼들이 태어나고. 새끼들이 놀랄까 봐 신발 신을 때도 조심조심, 걸을 때도 살금살금…… 새끼들이 엄마와 함께 날갯짓하며 날아가는 그날까지 무기한 비상사태입니다.

모두 다 건강하게 날아갈 수 있기를 기도합니다. 그리고 언제든 놀러 오는 친정집이 되었으면 좋겠습니다. 떠나보내기도 전에 아쉬운 마음이 먼저 듭니다. 더 많은 가족을 데리고 놀러 와도 좋다고 전하고 싶습니다.

두 번째 이야기

얼마 전 농장 옆 저수지에 청둥오리 두 마리가 날아왔습니다. 물살을 가르며 사랑하고 짝짓기를 하더니 어느새 흥부네 가족처럼 줄줄이 사탕입니다. 이제 막 태어난 청둥오리 새끼들은 엄마 아빠의 보호를 받으며 맹훈련 중입니다. 엄마가 앞장서고 새끼들이 줄지어 따라가면, 아빠는 뒤에서 물장구를 칩니다. 새끼들은 아빠의 신호대로 더 날쌔게 물살을 가르며 미끄러집니다.

조용한 산에 있는 저수지에 날아와서 안전하게 새끼를 낳고, 훈련을 시켜서 저 멀리 강으로 무리지어 날아가는 걸까요? 그 귀여운 청둥오리를 보고 있으면 밭에 일하러 온 것도 까마득히 잊어버립니다.

집에 들어온 오리가 아침마다 알을 낳아주고, 집 담 밑에 새들이 새끼를 낳고 키워가고, 농장 옆 저수지에서는 청둥오리가 새끼를 낳고 기르고……. 요즘처럼 자연 공부를 열심히 해보긴 처음입니다. 파란 하늘 밑에서 일어나는 기적입니다.

봄나물 뜯으러 오세요

들판에 경운기 소리가 정겹습니다. 논둑마다 하얗게 쑥이 자라고 날이 갈수록 냉이며 벌금자리가 쑥쑥 자라 방 안에만 갇혀 있던 여인네들을 밖으로 불러냅니다. 하얀 냉이꽃 필 무렵이면 옆에서 뒤질세라 피어나는 노란 꽃다지도 앙증맞게 앉아 있습니다. 언덕배기 과수원에는 예쁜 바구니 대신 비닐봉지를 든 여인네들이 옹기종기 모여 앉아 냉이를 캐며 수다를 떨고, 아이들도 덩달아 강아지처럼 뛰어다닙니다.

무엇보다 반가운 봄 손님은 마늘입니다. 작년 가을에 동네 아주머니께서 마늘을 심는다기에 양념부터 유기농으로 바꿔보자는 욕심에 우리도 마늘을 심기로 했습니다. 장날이면 늘 그 자리에 앉아서 채소를 팔고 계신 할머니께 제법 좋은 것으로 골라 한 접을 사 왔습니다. 마늘을 쪼개어놓고 서울서 고구마 캐러 놀러 온 친구네 부부들과 아이들을 데리고 귀퉁이에 손바닥만 한 땅을 일구어 마늘을 심었습니다.

세 살배기부터 어른까지 세 가족이 다닥다닥 달라붙어서 일정하게

64

간격을 띄어 줄을 맞춰 예쁘게 심었습니다. "잘 자라라." 하고 눈을 감고 기도하는 아이들은 토닥토닥 인형을 잠재우듯 정성을 들여 심었습니다.

마늘을 심어놓고 세 번째 장날 그 할머니를 찾아갔을 때, 옆집 새댁이 마늘을 사려는데 "이건 씨마늘 아니여, 냉동 마늘이여." 하십니다.

"할머니, 지지난 장에 할머니께 산 마늘도 냉동 마늘이에요?" 놀라서 물으니 눈을 지그시 감으시고는 "잘 모르겠는디, 나도 책임 못 져." 하십니다.

아뿔싸, 어찌 하면 좋단 말인가. 그 정성 다해서 심은 마늘을 싹도 보지 못하고 캐야 한단 말인가? 아니면 요행을 바라며 봄까지 기다려야 한단 말인가? 고심한 끝에 뚝심 좋게 기다려보기로 하고 볏짚을 구해다 마늘이불을 덮어주고 속삭였습니다.

"마늘아, 겨우내 제발 꼭 살아 있어줘."

그런데 이 봄에 우리에겐 너무나 고마운 선물이 왔습니다. 연둣빛 마늘이 쏙쏙 올라왔습니다. 한두 개만 빼고 거의 싹을 틔운 것입니다.

"야호! 마늘이다. 고맙다, 마늘아. 살아줘서 정말 고맙다."

지난 주말에는 마련한 우리 땅에 비닐집을 지었습니다. 농사를 짓겠다고 시골로 내려오면서 가능하면 비닐은 쓰지 않겠다고 다짐했습니다. 그래서 올해 비닐집을 지으면서 고민을 많이 했습니다. 조금 더 소득을 올리겠다고 비닐을 쓰고 그 폐비닐은 그대로 우리가 사는 세상에, 그리고 우리 다음 세대가 예쁘게 살아갈 이 땅에 고스란히 남아서 환경을 오염시킬 텐데 어찌해야 하나, 많은 생각이 스쳐갔습니다.

이곳 음성은 고추 농사로도 유명하지만 복숭아가 맛있기로 소문난 곳입니다. 하지만 평수가 작아서 처음에 계획한 복숭아 농사는 포기하고 고추 농사를 지으려니 옆에 둘러싸인 밭이 모두 과수원이라 농약이 날아들었습니다. 그래서 무농약 고추 농사는 힘들 것 같아 비닐집을 짓기로 결정했습니다.

올해는 특히나 원자재 값이 많이 오르고 품절 현상까지 있어 아는 분의 농장에 있는 폐자재를 얻어다 짓기로 했습니다. 며칠 동안 그분의 농장에서 비닐집을 뜯고, 5톤 트럭을 불러서 우리 밭으로 옮겨 왔습니다. 이제 뼈대를 세우고 비닐 옷을 입히면 안전하게 무농약 고추를 재배할 수 있습니다.

지난 일요일, 남편이 비상근으로 일하는 '흙살림연구소'에서 같이 근무하는 젊은 청년들이 달려와 일을 거들었습니다. 400여 평 작은 밭에 대여섯 청년이 달라붙으니 꿈만 같던 일이 금세 끝납니다. 황금 같은 일요일을 반납하고 초보 농군 비닐집을 지으러 달려와주니 그 고마움 어찌 말로 다하겠습니까.

고단한 일주일을 보내고 하루쯤 시내에 나가 영화도 보고 취미 생활도 하고 싶을 텐데 아직 농사에는 일머리도 모르고 어리버리하기만 한 우리 부부를 돕기로 자기네들끼리 약속한 모양입니다. 그 총각들은 도회지에서 학교를 마치고 전공 분야에서 열심히 일하고 있는 멋진 친구들입니다. 혼기가 넘었는데 아직 장가들을 못 가 그게 내심 걱정입니다.

이곳 시골 생활에 적응하느라 힘들어하던 우리 아이들이 올해는 떠오르는 새로운 일꾼이 되었습니다. 조각난 비닐을 줍는 일부터, 중학생이 된 큰놈은 삼촌들과 쇠파이프를 들어주고 작은놈은 핀을 한 개씩 집어주는 틈새 일을 한몫했습니다.

농사는 하늘의 뜻이라지만 전국적으로 우리 부부를 응원해주고 필요할 때마다 노동력을 지원해주는 많은 사람들의 기도가 있으니 올해는 작년보다 나은 농사가 이어질 것입니다. 땅이 주는 고마움을 새록새록 알아가는 재미만 해도 무엇과 비교할 수 없습니다.

밭두렁에 앉아 묵은 김장김치와 삼겹살 구워서 막걸리 한잔씩 하며 앞으로 자주 오겠다고, 오늘 하루 정말 보람 있었다고 말해주는 인심 좋은 멋진 총각들이 한없이 고맙습니다. 우리 둘이서 하면 한 달은 걸리는 일을 여럿이 모여서 하루에 거의 다 해치웠으니 이런 행운이 어디 있을까요. 누군들 알 수 있을까요. 이 가슴 벅참을, 눈물나게 고마운 마음을.

봄나물 뜯으러 오세요. 덤으로 듬직한 총각들 소개해드릴 테니, 아름다운 마음씨 하나씩만 들고 빨리 오세요. 바구니 가득 상큼한 봄도 한 아름 싸가지고 돌아가세요.

이 강산을 빛내는 보배로운 들꽃

　간혹 언덕배기나 야트막한 산을 오르다가 고마리와 비슷한 꽃을 보았나요? 꽃은 밥알 여러 개가 꽃 모양으로 다닥다닥 붙어 있고 핑크빛이라 소녀들의 일기장 껍데기 색입니다. 개울가에 군락을 이루며 피어나는 고마리와는 좀 다릅니다. 고마리는 핑크빛 꽃이 대부분인데 간혹 식혜 밥알처럼 뽀얀 꽃이 물 맑은 개울가에 피어나기도 합니다.

　며느리밑씻개라는 이름을 가진 이 꽃은 흉하고 소름이 쫙 끼칩니다. 고마리로 착각하고 가까이 갔다간 낭패를 봅니다. 줄기며 잎마다 악어 이빨처럼 가시가 돋쳤는데 환삼덩굴보다 더 고약합니다.

　그렇다면 이 가시 돋친 꽃 이름이 왜 며느리밑씻개가 되었을까요? 하고많은 풀들 중에 가시가 돋쳐 가까이 갈 수도 없는 이 풀을 다른 데도 아닌 밑씻개로 쓰라니요? 시어머니 심술은 하늘에서 내린다더니 예쁜 손주를 낳아줄 며느리에게 고맙다는 말은 고사하고 심술만 부린 이 풀이름은 참으로 유감스럽습니다.

간혹 어르신들과 얘기를 나누다보면 섭섭한 말이 한두 가지가 아닙니다.

봄볕에는 며느리를 내보내고 가을볕에는 딸을 내보낸다는 말이 있습니다. 아직 겨울 기운이 남아 있는 꽃샘바람이 부는 봄볕에 살이 타면 얼굴이 검붉어져 여름 내내 뽀얀 얼굴을 할 수가 없습니다. 그러니 봄에는 며느리를 들로 내보내고, 가을에는 풍성한 가을볕에 만물을 수확하는 기쁨을 딸에게 나누어주려는 시어머니들의 속셈입니다.

봄 들녘에 천지로 피어나는 비름나물도 며느리들을 화나게 합니다. 이야기인즉, 초고추장에 참기름 한 방울 떨어뜨려 살살 무쳐 먹으면 셋이 먹다 둘이 죽어도 모르는 참비름은 영양가가 별로 없습니다. 하지만 쇠비름에는 엄청나게 좋은 영양소들이 있어 한의원에서도 많이 권하는 음식입니다.

어렸을 때 장난으로 쇠비름의 잎사귀를 모두 훑어내고 그 줄기를 잘라서 만든 황소 눈을 기억하나요? 아래 눈꺼풀과 위 눈꺼풀을 다리처럼 연결하면 생전 처음 써보는 안경잡이가 되고 휘둥그레진 눈은 많은 사람들을 나자빠지게 웃겼습니다. 그런 추억만 간직한 쇠비름은, 충청도에서 자란 나는 먹는 나물인지도 몰랐습니다. 결혼한 지 얼마 안 되어 시어머니께서 쇠비름을 한 움큼 뜯어 오셨는데 그걸 어째 먹느냐고 모자가 한입 가득 밀어 넣는 광경을 바라만 보았습니다. 시어머니와 남편은 참비름을 무쳐 먹는 것과 똑같은 양념으로 쇠비름을 무쳐서 그 뻘건 줄기를 맛있게 먹었습니다.

그런데 2년 전 어느 날 남편과 귀농학교 동기인 연세 지긋하신 여사님께 이 이야길 들었습니다. 봄에 나물이 조금씩 나오고 있을 때인데 그 밭에서 쇠비름을 발견하시고는 "자기, 이 쇠비름이 영양 덩어리인 거 알아?" 하십니다.

처음 듣는 얘기라 아무 말 없이 고개를 가로저었더니, "글쎄 이 좋은 나물을 딸하고만 먹는다잖아." 하십니다. 원래 성격 좋고 인자하신 그분이 그 이야길 하시면서 좀 삐쳐 있습니다.

그분은 대학을 졸업하고 아이들 다 키우고 남편도 정년퇴직을 하여 천천히 귀농을 준비하면서, 몇 년간 자원봉사로 한글을 못 배우신 어르신들을 위해 동사무소에서 한글반을 맡아 가르치고 있습니다. 그런데 어르신들을 가르치는 게 아니라 자신이 더 많이 배운다고 겸손해하십니다. 그분들이 기회가 없어 못 배운 한글을 가르치기는 하지만 한 분 한 분 살아오신 인생이야기를 듣다보면 절로 고개 숙여진다는 말씀을 자주 하십니다.

수업시간이 너무 짧게 느껴지고 가끔씩 고맙다는 답례로 맛있는 식사를 대접받는 때도 있는데 오히려 그분들과 같이 공부하는 시간이 자신에게는 너무나 멋지고 보람된 일이라고 고백합니다.

하루는 그분들과 수업은 안 하고 옆길로 새서 이야기를 나누는데 시집살이를 호되게 하신 할머니께서 눈물이 그렁그렁한 채 이야기하시길 며느리 설움 중에 이런 쇠비름 이야기가 있었다며 이야기 내내 편치 않은 얼굴입니다. 영양가 많은 쇠비름을 시집 식구들만 먹었다니……

좋은 사람들과 산행 중에도 며느리밑씻개를 보면 은근히 부아가 치미는 것과 같은 이 세상 며느리들의 공통된 감정일 것입니다.

요즘이야 시어머니와 며느리가 서로 사생활을 존중해주는 추세고 드라마나 영화를 보고 간접 체험을 해서 많이 원만해졌지만 예부터 전해오는 민담을 들어보면 만만치 않은 관계임이 틀림없습니다.

산중턱에 가면 가냘프게 피어난 꽃을 볼 수 있는데 바로 며느리밥풀꽃입니다. 어쩌면 하루 밥 한 끼도 못 얻어먹은 가녀린 몸매로 아주 작은 꽃을 피워 올린 자줏빛 꽃입니다. 진한 자줏빛 꽃잎에 밥알이 달랑 두 개 붙어 있습니다.

심한 시집살이에 몸은 야위어가고 그 시집살이를 견뎌야 하는 며느리에게 밥알이 달랑 두 개 붙은 꽃을 보고 우리 조상들은 며느리밥풀꽃이라 이름 붙였습니다. 늘 어른 공양하고 남편 내조하고 아이들 돌보느라 지친 며느리에게는 인색하기만 한 시어머니들을 비꼬느라 지어진 이름인가 봅니다.

가을 산자락 어디에서나 마주치는 며느리밑씻개에 대한 유감은 이제 그만두려 합니다. 이제 가시는 눈감아두고 예쁜 꽃만 감상하려 합니다. 예쁜 꽃을 대표하는 장미도 자신을 보호하기 위해 온몸에 가시를 달았듯 며느리밑씻개라는 작은 꽃도 자신을 보호하기 위한 보호막을 온몸에 두른 게 아닐까요?

며느리만 내보낸다는 봄 햇살도, 참비름과 쇠비름에 대한 시어머니의 차별도, 며느리밥풀꽃에 대한 시어머니의 인색한 변명도, 며느리밑씻개에 대한 시어머니 유감도 이제 다 가을 하늘에 날려버리려 합니다.

이름은 다르지만 모두 우리 산하에 피어나는 아름다운 꽃일 뿐입니다. 어느 것 하나 소중하지 않은 꽃이 없고 귀하지 않은 꽃이 없습니다. 아무도 모르게 피고 지는 들꽃이야말로 이 강산을 빛내는 보배입니다.

뽕나무 그늘 아래서

봄에 지하수를 파는데 물자리를 찾던 아저씨께서 하시는 말씀이 이 골짜기는 물이 많이 없다고 합니다. 겨우 한 자리를 찾았는데 그게 바로 뽕나무 밑입니다. 예전부터 뽕나무 밑에는 물이 있다고 어른들이 말씀하셨습니다. 거짓말처럼 물이 솟습니다.

뽕나무는 버릴 게 없습니다. 1970년대까지만 해도 양잠이 성해서 집집마다 누에고치실이 있었습니다. 주로 대청마루에 고치실이 있었는데 우리 윗집 할머니도 누에를 치셨습니다. 아침 일찍 일어나 누에의 밥인 뽕잎을 부대로 하나 가득 따다가 깻잎 접듯이 몇 장을 쥐고는 큰 칼로 채를 썰어주시는데 한석봉 어머니보다 더 곱게 칼질을 하셨습니다.

신문지를 걷으면 누에는 뽕잎을 받아먹으러 제비새끼 모이 받아먹듯이 고개를 내밀고 서로 달라고 아우성입니다. 손가락 크기만 한 연두색 누에가 꿈틀거리는 걸 보면 정말로 거기서 예쁜 옷감이 나올까 궁금했습니다.

얼마나 먹성이 좋은지 매일매일 이불처럼 덮어주어도 다음날이면 꿈틀대는 애벌레만 더 뚱뚱보로 커져 있습니다. 요즘엔 뽕잎차로 더 유명하지만 예전엔 명주실을 자아내는 누에고치의 먹이로 이름을 날린 나무입니다. 아녀자들이 농사일을 하면서 짭짤한 부업을 한 셈입니다. 대부분 팔아서 아이들 등록금에 보탰지만 과년한 딸의 혼숫감을 마련하는 데도 한몫을 했습니다.

그래서 옛날 할머니들 장롱 속에는 친정어머니께서 손수 자아서 넣어주신 명주 한 필씩은 있었습니다. 마음대로 친정나들이 하기 어렵던 시절 어머니의 정성과 손때가 묻은 하얀 명주 옷감을 보고 설움을 달래기도 했습니다. 우리 어머니도 외할머니 얘기를 할 때마다 어머니의 서랍 속에 꼭꼭 숨겨둔 명주가 뒤따라 나왔습니다. 실고추를 가실 때처럼 솜씨 나는 음식을 할 때도 외할머니는 항상 같이 계셨고 예쁜 옷감을 만지실 때도 어김없이 솜씨장이 외할머니가 함께했습니다.

어디 그뿐인가요? 뽕나무의 귀한 열매 오디는 늦은 봄날 아이들의 간식거리로 그만이지요. 학교가 파하면 노란 양은 도시락을 가지고 누가 먼저 갈까 봐 오디나무 곁으로 날쌘돌이처럼 달립니다. 손이 닿는 곳에는 어린아이들이 붙어서 따고 있고, 나무를 타고 조금 올라가야 하는 곳에는 제법 굵은 시커먼 오디가 다닥다닥 붙어 있습니다. 타잔처럼 나뭇가지에 걸터앉아 배가 터지도록 먹으면 입술이 거의 잉크 색으로 변하고, 도시락 가득 채워서 언니들 몫까지 마련하고서야 내려온 기억이 납니다.

마당에 멍석 깔고 먹는 저녁 밥상 앞에 앉으면 이가 시리고, 배가 든 든해서 밥도 못 먹고 그냥 엄마 허리춤에 기대어 잠이 들던 추억이 있 습니다. 꿈속에서도 깔깔거리던 동무들이 따라왔습니다.

뽕나무의 위력은 여기서 끝나지 않습니다. 여린 잎은 뽕잎차의 주재 료로 쓰이는데 잎을 쫑쫑 썰어서 찜 솥에 몇 번 쪄서 그늘에 말린 차는 혈압을 낮추고 당뇨에도 탁월한 효과를 발휘합니다. 대부분 어른들은 혈압이 높거나 당뇨병으로 시달리는데 평소에 뽕잎차를 자주 마시면 아주 좋습니다.

초봄의 여린 잎은 뽕잎차로 내어주고 늦은 봄엔 오디 열매로 아이들 간식이 되어주고, 여름엔 손바닥만 한 푸른 잎으로 누에고치의 먹이가 되어주고, 가을엔 여인네들이 솜씨를 발휘할 수 있는 염색재료로 나뭇 가지를 내어줍니다. 큰 뽕나무를 손가락 길이만큼 잘라서 껍질은 버리 고 속의 뽀얀 가지만 쓰는데 물을 나뭇가지의 서너 배 붓고 끓여서 우 려낸 물에 봉숭아물 들일 때 쓰는 명반을 넣고 반복 염색하면 아주 고 운 노란색 옷감이 탄생합니다. 천연염색으로 노란색을 내는 재료가 많 지 않은데 붉은 노란색을 내는 치자보다 여리고 차분한 노란색을 내는 데 일품입니다.

갑자기 뽕나무 예찬론자가 되어 열거하다보니 정작 우리 밭 샘가에 서 그늘을 만들어주는 고맙고 착한 나무에 대해 쓰려던 처음 생각이 이 제야 났습니다.

밭에만 가면

하얗게 무덤가를 울타리치고 피어난 꽃이 눈부십니다. 아니 떨리도록 소박하고 그 자리에 안성맞춤인 꽃, 자세히 보니 개망초입니다. 멀리서 보니 메밀꽃처럼 가녀린 몸짓으로 바람에 살랑살랑 흔들립니다.

이미 오래된 귓병이 다시 도졌습니다. 수영하러 갔다가 병만 얻어서 돌아온 꼴이어서 화가 나기도 했지만 수술을 꼭 해야 한다는 의사의 말에 겁이 덜컥 나서 아이처럼 보채고 작은 일에도 화를 내고, 내 모습이 아닙니다.

거의 잠을 제대로 못 자고 밭으로 갑니다. 며칠 사이 풀은 내 종아리를 넘어 허벅지까지 자랐습니다. 고구마 밭인지 풀밭인지 구분이 안 갈 정도로 변해 있습니다. 밭고랑 끝에 심은 오이넝쿨은 패거리들한테 둘러싸인 겁먹은 순진한 소녀처럼 졸아들어 있습니다.

얼마 전 비를 기다려 심은 실파는 이제 막 땅 짚기를 해서 겨우 일어섰고 주변의 어린 코스모스가 자라 주인 행세를 단단히 하고 있습니다.

그래도 상추는 애지중지 만져주고 돌봐준 덕에 커다란 침입자 없이 부쩍 자랐습니다. 장마가 시작되면 녹아버릴 게 아까워 조금 작지만 상추를 속잎만 남기고 뜯습니다. 옆집도 주고 아이 친구도 주고 동서도 주고 우리 집에도 조금 남겼다가 된장 보글보글 끓여 송송 썬 상추에 끼얹어 숨죽여 비벼 먹을 생각으로 쪼그리고 앉았습니다.

풀을 뽑습니다. 면장갑을 끼고 고구마 줄기를 걷어가면서 풀과 한판 승부를 벌입니다. 반 고랑쯤 나가니까 다리는 저려서 오그리고 펴지도 못해 코에 침을 발라가며 절뚝거리고 서 있습니다. 얼마나 힘이 센지 그깟 잡초한테 지고, 끄떡도 않는 풀을 잡고 통사정을 하는 내 꼴이 우습게 여겨졌습니다.

벌써 땀은 등줄기를 타고 흐르고 얼굴은 화끈화끈 달아오릅니다. 안 봐도 뻔하지만 에어컨 쌩쌩 돌아가는 헬스장에서 우아하게 땀 뺀 얼굴과는 견줄 수 없게 그보다 몇 십 배나 땀을 흘리고 얼굴색은 홍시처럼 붉어졌을 것입니다.

한 고랑을 마저 하고 가려고 있는 힘을 다해 매달렸더니 현기증이 나고 빈속이라 매스껍기까지 해서 그 자리에서 쓰러질 것만 같습니다. 얼마나 우스운가요? 하루 종일 밖에서 일하고 집안일 다 하고 아이들까지 잘 키우는, 수십 년 농촌에서 산 아낙네들에게 얼마나 미안한지요. 여기서 쓰러지면 내 포시러움이 얼마나 우스울까 염려돼 그만 집으로 돌아가려고 일어섭니다.

파란 하늘에 하얀 뭉게구름이 지나가다가 힐끗 웃더니 나를 잡아 몇 바퀴 빙그르르 돕립니다. 발에 힘을 주고 버티고 섰는데 눈물이 핑그르 돕니다. 매운 눈물이 목구멍으로 넘어가자 그제야 정신을 차립니다.

상추를 안고 터벅터벅 걷는데 조기축구 다녀온 남편이 걱정스런 얼굴로 걸어옵니다. 며칠째 말도 잘 안 하고 찬바람이 쌩쌩 부는 내 비위를 거스르지 않으려고 가만히 어깨를 잡아 다시 밭으로 향합니다.

남은 풀을 뽑으라고 남편에게 말하고 나는 토끼풀이 융단처럼 깔린 밭가에 앉아 상추와 쑥갓을 고르고 풀 속에서 혼자 자란 참비름을 다듬습니다. 윤구병 선생님의 책 제목처럼 '잡초는 없다'입니다. 밭가에 깔려 있는 토끼풀은 우리 아이들에게 네잎클로버를 직접 따보는 실습장이 됐으며, 풀 속에서 자란 참비름을 고추장, 마늘, 참기름을 넣어 조물조물 무치면 저녁 식탁에서 반짝반짝 빛날 것입니다. 그뿐인가요? 키가 큰 강아지풀은 좁은 유리병에 담겨 거실의 낮은 탁자 위에서 어릴 적 친구를 놀리던 추억에 목이 간지러워질 것입니다.

남편은 땀으로 웃옷이 다 젖어버렸고 눈이 따가운지 안경을 벗어 닦고 있습니다. 지난밤 잠도 제대로 못 자는 것 같았는데 괜찮으냐고 가만가만 말을 붙여옵니다. 누군가 사과한 사람도 없고, 화를 낸 사람도 없습니다.

며칠째 배추벌레와 싸우고 있습니다. 지난번 비를 맞고 시커멓게 땅기운을 받았는데, 무 잎사귀마다 벌레똥이 깔려 있는 게 아닙니까? 호미를 들고 툭툭 치면 몸을 숨기고 있던 벌레가 툭 떨어집니다. 처음엔 눈 꼭 감고 호미로 눌러 죽이다가 이제는 네가 이기나 내가 이기나로 변했습니다. 애써 기른 무가 크기도 전에 침입자는 벌써 군대를 이끌고 쳐들어왔습니다. 그러나 나도 이대로 당할 순 없습니다. 매일매일 밭으로 산책을 나가 벌레와 한판 싸움을 하고 돌아옵니다.

무 잎사귀를 숭아 살짝 데쳐서 된장국을 끓이면 아이들도 밥투정이 쏙 들어갑니다. 잘 익은 총각김치와 시래깃국의 만남은 환상적이라고 아이들이 엄지를 세웁니다.

벌써 다른 밭 무는 팔뚝만 한 굵기로 자랐는데 너무 늦게 파종을 해서인지, 너무 가물어서 그랬는지 아직도 우린 총각무 굵기 정도밖에 안 됩니다. 남은 무는 좋은 사람들 불러 무 파티나 할거나? 미리 무 뚝뚝 썰어 김치를 담그고 무청 색깔 좋게 익혀서 지난가을 수확해 남은 고구마를 삶아낼거나?

사람들 부를 생각 하니 지금부터 그것들이 예쁘기만 합니다. 탈도 많고 애를 태우는 무 옆에서 아무 탈 없이 통통 살이 쪄가는 고구마가 얼마나 고마운지 보고만 있어도 뿌듯합니다. 우리 무랑 고구마랑 실컷 자고 살이 통통 찌도록 내일도 벌레와 한판 붙어볼 참입니다. 내 사랑스런 무 지킴이로 온몸을 불사르리라 다짐합니다.

해질녘, 운동화에 잔뜩 묻은 흙을 털며 상추랑 비름나물이랑 들고 집으로 돌아옵니다. 나를 잡아 흔들던 파란 하늘에 떠 있는 하얀 뭉게구름이 나비처럼 웃고 있습니다.

비요일에는

누군가 뒤에서 내 목을 끌어안으려다 뒤돌아보면 도망쳐버립니다. 낯선 향기입니다. 아니, 오래도록 기다려온 향기입니다. 뺨만큼 넓은 잎사귀 사이로 살포시 내민 그의 향기. 그의 이름은 후박나무입니다.

뽀얀 크림색 꽃은 단 며칠 동안만 피어납니다. 그러나 애인의 향기처럼 오래도록 기억 속에 머무릅니다. 눈을 지그시 감고 알 듯 모를 듯 그의 향기를 기억합니다.

우(雨)요일입니다. 봄비가 자작자작 내립니다. 단비입니다. 아침에 심은 고추모가 튼실하게 뿌리 내릴 수 있도록 비를 내려주십니다. 이웃 마을 흙살림연구소 이사님께서는 온 동네 남은 고추모를 얻어주셨습니다. 아랫 마을 지도자님은 파 모판을 두 판이나 가져오셨습니다. 우리 밭과 이웃한 할아버지께서도 참깨씨를 건네주시며 농사 잘 지으라 격려해주십니다.

우리 첫 농사 염려해주시는 좋은 님들 덕분에 종자 걱정 없이 걸음마를 시작합니다. 한없이 절망하다가도 좋은 님들 기도 속에 살고 있음을 깨닫습니다.

커피향이 빗속으로 스멀스멀 기어들어갑니다. 참 좋습니다. 비가 저수지 물위에 톰방톰방 떨어지면 청개구리는 목청껏 울어댑니다. 제발, 청개구리 엄마가 떠내려가지 않도록만 비가 오면 좋겠습니다. 이 비가 그치면 후박나무 꽃잎이 모두 지겠지요. 그리고 여름이 성큼 다가오겠지요.

기억해야지. 온 산을 수놓던 산 벚꽃과 조팝나무 하얀 무덤과 사과꽃 향기 폴폴 날리던 봄날을. 아침에 친구에게서 날아온 향기 나는 메일을 저장하듯이 모든 감각기관을 동원해서 이 봄날을 기억해야지.

비가 이토록 예쁠 수 있을까요? 강가에 앉아서 강물과 비가 만나는 광경을 지켜보고 싶습니다. 우요일에는……

두 번 째   이 야 기   # 느리게 산다는 것

오랜만에 나온 저녁햇살은 저 혼자 서산을

넘어가기 싫어서 산골 마을 아이들에게 무지개를 만들어주고,

황금빛 저녁노을은 모여 앉은 마을 사람들 얼굴을

홍시처럼 발갛게 만드는 요술을 부립니다.

이렇듯 자연은 소리 없이 다가와 감동을 남기고

소리 없이 사라집니다.

소박한 밥상지기

풍성한 계절입니다. 토종 오이씨 몇 알을 포터에 담아 싹을 틔우고, 물을 주고 옮겨 심었더니 꼭 두 달 만에 알찬 수확입니다. 중간에 말라 죽은 오이도 있었으나 대체로 잘 자라서 소박한 밥상 농장에서 거두는 최고의 수확물입니다. 매일매일 한 상자씩 따내도 끝이 없습니다.

한 상자를 들고 도회지로 나가 팔 수도 없어서, 가까운 이웃에게 나누어주고 있는데 그것도 쉬운 일은 아닙니다. 택배로 보내자니 예쁜 우리 오이가 누렇게 변할까 걱정돼서 오이지를 담아 멀리 있는 정다운 사람들에게 보내기로 했습니다.

동네 사람들이 우리 집 마당에 줄지어 있는 항아리를 보고 놀라 자빠지더니, 오늘에서야 그 항아리들이 빛을 발합니다. 오는 사람 모두 한마디씩 했습니다. 항아리 장사할 거냐고.

봄에는 작년에 농사지은 잘생긴 고추로 고추장을 담아 햇살 좋은 옥상에 올려놓았습니다.

어머님이 성당에서 사 오신 메주를 소금물에 담가 달걀 동동 띄워 간을 맞춘 맛난 간장을 담고, 두 달 뒤에 방앗간에서 메줏가루 빻아 간장에서 건져낸 메주와 섞어 노오란 된장을 담아 신주단지처럼 옥상에 모셔두었습니다.

봄에는 들판에 지천으로 피어나는 쑥을 뜯어서 쑥과 흑설탕을 1:1 비율로 섞어 창호지로 덮어 그늘에 두었더니 정말 맛있는 효소가 탄생했습니다. 남편은 오는 손님마다 우리 집사람이 만든 효소 먹어보라고 자랑이 늘어졌습니다.

어디 그뿐인가요? 감당할 수 없을 만큼 많이 수확되는 오이를 위해 기다리던 키 큰 항아리들이 반짝반짝 빛이 납니다.

굵은 소금으로 깨끗하게 씻은 오이를 싸리나무 채반에 건져서 물기를 뺍니다. 예쁘게 단장하고 있는 오이를 항아리에 차곡차곡 담고 소금물을 팔팔 끓여서 오이가 잠기도록 붓습니다. 이때 오이가 동동 떠오르지 않도록 매끈하게 잘생긴 납작한 돌을 위에 얹습니다. 열흘 뒤에 다시 한 번 물을 끓여서 부으면 아삭아삭한 오이지가 탄생합니다.

생오이로 뚝뚝 잘라 먹어도 맛있기로 소문난 우리 집 오이는 인기폭발입니다. 이럴 줄 알았으면 생협에 출하한다고 했을 텐데, 초보 농사꾼이라 생산량을 가늠할 수가 없었습니다. 너무 많은 수확량에 스스로도 놀랍고 대견합니다.

작년에 비하면 얼마나 선생인가요? 옥수수인 줄 알고 키우던 저 혼자 난 싹은 여름에서야 제 본색을 드러냈는데, 황당하게도 율무였습니다. 염주로도 사용했다는 율무가 다닥다닥 열리면서 주변에 있던 깻잎이랑 고추를 밀치고 주인 행세를 했습니다.

우리를 황당하게 만든 게 또 한 가지 있습니다. 여름밤 가로등 불빛에 눈부시게 하얗게 빛나던 박꽃입니다. 담장을 타고 올라가라고 줄을 매주고 정성을 들여 키운 호박이 갑자기 흥부네 지붕 위에 주렁주렁 열린 박이라니……

영화 〈지젤〉에 나오는 발레리나처럼 하얀 무용복을 입고 토슈즈로 발끝을 세우고 요염하게 서 있는 그녀들은 호박의 사촌 박꽃이었습니다. 그날 밤 마법에 걸린 초보 농군은 조용한 관객이 될 수밖에 없었습니다.

올해도 시행착오는 계속되었으나 모두 다 여러 사람들과 나누어 먹는 즐거움에 작년 같은 배신감은 덜합니다.

얻어온 포터에 담긴 양배추 모종은 자라면서 양배추와 브로콜리로 양분되고, 농장의 방문객들은 이렇게 섞어 심은 별다른 이유가 있느냐고 묻습니다.

포터에 싹을 키워 옮겨 심은 총각무는 갑자기 인삼 총각무로 변신해서 우리를 놀라게 했습니다. 생협 행사에 참여한 조합원들에게 첫선을 보일 총각무는 그날 아침 무를 뽑으면서 주저앉았습니다. 며칠 밤을 가슴 두근거리며 기다린 총각무 처녀작을 그날 모인 조합원들에게 모두 선물로 주고 눈물을 삼켰습니다. 다행히 맛있게 먹었다는 인사가 시린 가슴을 녹여주었지요. 첫술에 배부르랴.

풀 속에 숨어 있던 참깨밭에 풀을 베어주고, 고구마보다 몇 배나 더 자란 풀 속에 꼭꼭 숨어 있는 고구마를 보면서 안쓰러운 마음뿐입니다.

긴긴 장마를 견뎌낸 무농약 재배 고추는 '소박한 밥상' 농장의 히든카드인데, 벌써 역병과 탄저병으로 많은 숫자를 거두어냈습니다. 고추가 주렁주렁 달린 고추모를 뽑아 들고 나오는 남편의 얼굴은 차마 볼 수가 없습니다. 하얗게 질려버린 얼굴보다 시커멓게 멍든 가슴을 어떻게 위로해줄 수 있을까요? 차마 눈물을 보일 수 없어 말없이 고랑의 풀만 베어나갑니다.

울보랍니다. 울보 편잔도 좋으니 고추나무 정령에게 소곤소곤 기도합니다. 제발 병충해를 이겨내고 우리가 흘린 땀방울만큼 풍성한 수확을 거둘 수 있게 해달라고.

병으로 쓰러진 풋고추가 아까워서 요즘은 하루 걸러 고추잡채를 합니다. 고추를 반으로 잘라 씨를 빼 채 썰어놓고, 돼지고기를 달달 볶다가 준비한 고추와 양파와 당근과 양배추를 넣고 간장을 둘러 살짝 볶아내면 저녁 밥상이 푸짐합니다. 막걸리 한잔 나누면서 몸에 좋은 고추의 영양가를 논하며 서로 위로합니다.

몇 알 얻어다 심은 붉은 강낭콩을 넣어 밥을 짓고, 감자 몇 개 밥 위에 얹어 쪄내면 아이들은 밥 한 그릇 뚝딱입니다.

시누이들 사는 대구에 오이랑 양배추랑 몇 상자 보냈더니 오이가 맛있다고 바로 어머님께서 전화를 주십니다. 몸조심해가며 농사일 하라고 당부당부 하십니다. 가끔씩 막내사위 손전화로 지금도 밭에 있느냐

시골에 내려오니 가끔씩 뜻하지 않은 행운을 맛보게 됩니다. 난데없이 넝쿨째 굴러오는 호박,
시어머니가 담가놓으신 오이지를 몰래 전해주는 옆집 새댁, 아침마다 노래 불러주는 아름다운
새들……. 내일은 또 어떤 행운이 찾아올지 기다려집니다.

고 안부전화 하시는 울 엄마는 목이 메십니다. 억지로 싸우듯이 말하다 전화를 끊고 한바탕 울고 나면 속이 후련해집니다.

한평생 농사만 지으시다 이제는 다리도 성치 않으신 울 엄마는 막내 딸의 수고로움을 짐작하실 것입니다. 몇 번이나 아픈 다리를 끌고 다녀가셨는데 이제는 마음뿐인 농사일에 두 손 들고 서울로 가십니다. 엄마 마음 상하지 말라고 우스갯소리를 하고, 엄마 좋아하는 "연분홍 치마가 봄바람에 휘날리더라~." 노래 부르면 엄마는 하얗게 웃으십니다.

"좋기도 하겠다."

좋습니다. 도시처럼 쌩쌩 달리지 않아도 되고, 밭에서 늦게 돌아오면 우리 아이들 따뜻한 밥 차려주고, 아이들 공부도 봐주는 우렁각시가 있어 좋습니다. 심성 고운 이웃들과 작은 사랑 나누며 살아가는 소박한 밥상지기가 나는 좋습니다.

빨랫줄이 있는 풍경

아침 일찍부터 어젯밤 아이들 목욕하고 벗어놓은 옷가지들을 세탁기에 넣어서 뜨거운 물 받아 담가놓습니다.

"야, 이렇게 화창한 날에는 이불 빨래를 하는 거야."

지난번 빨아만 놓고 풀을 안 먹인 이불 호청을 꺼내놓고, 밀가루를 풀어 풀을 쑤었습니다. 참 순수한 빛깔입니다. 시어머니께서는 광목 이불 호청을 누가 빨아서 손질하느냐고 자꾸 바꾸라고 하시지만, 난 이 광목 호청을 풀 먹여 손질할 때마다 내 마음까지 하얘지고 꼿꼿해지니 손질하는 재미가 있습니다. 널찍한 함지박에 풀을 부어 한 김 나가면 보송보송하게 마른 이불 호청을 넣어 골고루 풀이 먹도록 손으로 오랫동안 주물러야 합니다.

아파트에 살면 좁은 건조대에 이불을 널 수가 없습니다. 그런데 시골에 와서는 마음껏 햇살을 받는 긴 빨랫줄을 무한히 쓸 수 있어 좋습니다. 하얀 광목 이불 호청 위로 사뿐히 내려앉아 잠시 쉬어가는 잠자리가 있고, 아이들은 이불 호청을 사이에 두고 숨바꼭질을 합니다. 자칫 손때 묻을라 염려가 되기도 하지만 그냥 둡니다.

어릴 적 시골에서 나도 그렇게 놀았습니다. 처마 밑에서 마당의 감나무까지 길게 매어놓은 초록색 나일론 빨랫줄. 새들의 놀이터이기도 하고 새들이 사랑을 속삭이는 은밀한 장소이기도 합니다. 여러모로 쓸모 있고 잠시도 쉴 수 없는 빨랫줄입니다. 새들이 놀다 간 자리를 걸레로 닦고 하얀 호청을 널며 어머니는 "막내야, 새 망 좀 보아라." 하십니다.

감나무 밑 평상에 누워 새는 보지 않고 책을 보다가 그만 얼굴에 덮고 낮잠에 빠져드는 오후. 그사이 하얀 호청은 명태처럼 빳빳하게 마르고 심술꾸러기 새들은 어느새 똥을 갈겨놓습니다.

어머니는 새가 똥을 갈겨놓은 부분만 지레 잡아 헹구어 다듬잇돌을 꺼내 대청마루에 앉습니다. 물을 한 바가지 떠 와서 입에 한가득 물었다가 분수처럼 이불에 뿌립니다. 어머니 시집살이 세월만큼 맨들맨들 해진 방망이를 들고 어머니는 다듬잇돌에 올려놓은 광목 이불 호청을 가락에 맞추어 두들깁니다. 아마 어머니가 '난타' 공연에 나가시면 훌륭한 연주자가 되었을 것입니다.

오늘은 이불 호청을 다듬잇돌만 한 크기로 접어 꽁꽁 밟아봅니다. FM 라디오에 주파수를 맞추고 볼륨을 조금 올리고 눈을 감고 이불을 꽁꽁 밟아나갑니다. 조각마루 위에 놓인 하얀 호청이 내 발가락 사이를 간질입니다. 차곰차곰 내 발에도 풀기가 드는 것 같습니다.

팔을 높이 들고 춤을 추듯 운동을 하기도 하고 음악에 맞추어 발을

시골에서는 마음껏 햇살을 받는 긴 빨랫줄을 무한히 쓸 수 있어 좋습니다. 널어놓은 빨래 위로 잠자리가 사뿐히 내려앉아 잠시 쉬어가기도 하고, 새들이 은밀하게 사랑을 속삭이기도 합니다. 도시에서는 볼 수 없는 정겨운 풍경입니다.

옮기다보면 저번에 본 영화 〈샐 위 댄스〉가 생각납니다. 빨간 원피스를 입고 긴 목선을 드러낸 여자가 가는 허리를 추켜세우고 주인공 남자에게 맞추어 춤을 추던 영화.

벌써 한 시간쯤 나는 호청 위를 걸어 다닙니다. 생각이 영화 필름처럼 지나갑니다. 병실에 계신 친정어머니도 생각나고 멀리 사시는 시골 중학교 선생님도 생각납니다. 언제나 내 편이 돼주시고 응원해주신 선생님. 내 곁에서 언제나 나를 따뜻하게 해주신 분들이 보고 싶어 또 코끝이 새콤해집니다.

걸레질 쳐놓은 조각마루 위에 호청을 하얗게 펼쳐놓고 명태처럼 빳빳해지도록 다시 말립니다.

이불을 꿰매고 예쁘게 개켜놓고 밭에서 돌아올 남편을 기다립니다. 막걸리 한 사발 오늘 저녁상에 올려야겠습니다. 내 마음은 아직도 음악에 맞추어 그 차곰차곰한 이불 호청을 밟고 있는 기분입니다. 그 하얀 순수의 색깔.

이 기분을 오래 만끽하려고 거실 불을 밤늦도록 밝힙니다. 그 거실에 앉아 남편에게 펜 꾹꾹 눌러가며 꽃편지를 씁니다.

자연처럼 비우고
자연처럼 채울 수 있기를

집에서 농장까지는 잰걸음으로 30분 정도 걸립니다. 마을을 지나 들길로 접어들면 바로 논둑 위에 하얗게 피어난 망초꽃이 반깁니다. 멀리서 보면 메밀꽃이 출렁거리는 것처럼 보이는데 자세히 보면 작은 계란 프라이 같은 아주 귀여운 꽃입니다. 키다리 망초가 바람에 몸을 맡기고 살랑살랑 춤을 추는 지금은 바야흐로 망초의 계절입니다. 향기 좋은 아카시아, 찔레꽃이 한창일 때 망초가 피어났다면 이렇게 예쁘게 보였을까요? 어쩌면 처음부터 정해진 순서가 있는지도 모릅니다.

어쩌다 시멘트 포장길로 산책 나온 뱀을 만나면, 다리는 후들거리고 가슴은 벌렁벌렁 아무것도 보이지 않습니다. 뒤도 안 보고 농장까지 냅다 뜁니다. 한번 놀란 가슴은 밭을 매다가 지렁이를 보고도 용수철처럼 튕겨 나갑니다. 철마다 다른 옷으로 갈아입는 모든 꽃들과 눈도장 진하게 찍어두고 생각날 때마다 펼쳐봅니다. 이렇듯 자연은 소리 없이 다가와 감동을 남기고 소리 없이 사라집니다.

지난 6월 6일에는 도시 아이들과 부모들이 함께 논에 들어가 직접 손모내기를 했습니다. 비록 도시에 살지만 아이들에게 조금이라도 자연과 가까이 만나게 해주고 싶은 부모들이 늘어가고 있습니다. 아이들은 처음엔 진흙탕에 들어가려 하지 않았지만 나중엔 아예 논에서 나오려고 하지 않습니다. 발바닥 밑에서 꼬물대는 벌레들의 움직임과 말랑말랑한 진흙의 촉감을 좋아하게 된 것입니다.

못줄잡이 징소리에 줄 맞추어 모를 심고 한 발 뒤로 물러서면 발은 자꾸만 땅속으로 들어가서 빠지질 않습니다. 숭숭 걷어 올린 바지가 물에 젖고 하얀 셔츠가 흙투성이가 되어도 아이들 얼굴엔 함박웃음뿐입니다. 둥둥 뜨는 모가 더러 있지만 고사리 손으로 직접 모를 심는 정성에 이내 논 주인도 눈을 감습니다. 모내기가 끝나자 아이들은 논가로 흐르는 도랑물에 발을 담그고 진흙을 씻어냅니다. 흐르는 물에 발을 담그면 발가락 사이로 빠져나가는 세찬 물살, 언제까지나 그 간지러움을 잊지 못할 것입니다.

흥겨운 사물놀이 농악패가 한바탕 흥을 돋우고 꿀맛 같은 비빔밥으로 점심을 먹고 오후에는 대동놀이에 참여했습니다.

황토 염색은 아이들이 좋아하는 놀이입니다. 미리 준비해둔 미지근한 황톳물에 하얀 셔츠를 담그고 비비고 문지르고 비틀어 짜고……. 연한 살색에서 진한 황토색으로 물들고 옷감과 황톳물이 친해지는 과정을 거친 후 깨끗한 물에 헹구어 말리기를 여러 번 되풀이하면 자신이 원하는 색이 나옵니다. 운동장 길이만큼 긴 빨랫줄에 염색한 옷을 널어놓고 말리는 사이, 옆에서는 창포에 머리감기를 하고 있습니다.

직접 아이들의 머리를 감겨주다보니 내 손이 더 부드러워졌습니다. 옛날 우물가에 피어나던 창포는 우리 고유의 허브로 노란 꽃보다는 향기로 여인네들을 사로잡았나 봅니다. 창포는 향이 좋고 머릿결을 부드럽게 해주고 부스럼을 치료하는 약재로도 유명합니다. 옛날 이 도령도 춘향의 얼굴보다는 창포에 머리 감는 모습을 보고 반했다고 합니다.

나무 그늘 밑에서는 할아버지를 따라 새끼 꼬기에 참여한 아이들이 입을 실룩거리며 할아버지 손길을 따라잡습니다. 할아버지는 눈 깜짝할 사이에 새끼로 만든 줄넘기 줄을 내놓으십니다. 아빠들은 신이 나서 줄을 돌리고 엄마들은 "꼬마야 꼬마야 뒤로 돌아라." 하고 노래 부르면 아이들은 동무들과 발을 맞춰 머리가 하늘까지 닿도록 높이 뛰어오릅니다. 가냘픈 지푸라기가 모여서 튼튼한 줄이 되어 여럿이 함께하는 줄넘기가 됩니다.

팔씨름 대회에 참가한 아이들은 젖 먹던 힘까지 다해 상대편과 싸우고 결승전에 오른 친구는 둥그렇게 둘러서서 응원하는 팬들을 의식해 얼굴이 홍시처럼 빨개지도록 한판 승부에 빠져듭니다.

아이들은 어른들보다 자연에 가까이 있습니다. 그저 자연 가까이 데려다놓기만 하면 됩니다. 자연 속에 있을 때 아이들의 눈동자는 빛이 납니다. 아이들은 낯을 가리지 않습니다. 처음 본 친구들과 금방 하나되어 뛰어놉니다. 자연처럼 비우고 자연처럼 채울 수 있기를, 모자라지도 넘치지도 않도록. 아이들이 진정 원하는 것은 무엇일까요?

참농부의 아름다운 삶

우리와 이웃한 밭에는 아름다운 두 부부가 일하고 있습니다. 말없이 일만 합니다. 간혹 할아버지의 작업 지시 소리가 크게 들리긴 하지만 그들은 서로 말 한마디 건네지 않고, 하루도 다름없이 땅에 엎드려 저마다 맡은 일들만 부지런히 할 뿐입니다.

아니, 처음부터 작업 지시가 없는지도 모릅니다. 할아버지가 분무기로 약을 치면 나이 든 아들은 소년처럼 서서 줄을 잡아줍니다. 할아버지가 힘들지 않도록 미리미리 줄을 넘겨주고, 돌아 나오는 길에는 미리 당겨주어 할아버지가 줄에 걸리지 않도록 힘을 다합니다.

줄을 잡아주는 것이 얼마나 힘든 일인지 한 번만 해보면 알 수 있습니다. 세상에서 제일 쉬운 일처럼 보이지만 호스를 들고 가는 사람을 배려하는 마음이 없으면 줄잡이의 역할은 아무짝에도 소용이 없습니다. 이것이 호흡입니다. 줄잡이는 순간순간 앞서간 사람의 발자국을 따라 줄을 내어주고 당겨주어야 하는데 이건 두 사람 사이의 배려고 약속입니다.

한쪽에서는 시어머니와 며느리가 일을 합니다. 할머니는 강낭콩을 뽑고 며느리는 강낭콩이 뽑힌 자리에 파를 심습니다. 파를 심을 때는 골을 타고 파를 약간 눕혀서 심어야 하는데 며느리는 힘든 표정 하나 없이 부지런히 호미로 땅을 파고 파를 나눕니다. 발걸음이 가볍습니다. 아마 선크림도 바르지 않았을 텐데 꽃무늬 모자 하나 달랑 쓰고 여름 땡볕 아래서 열심히 일만 합니다.

그런데 참 이상합니다. 할아버지와 할머니의 웃음이 닮았고 아들의 웃음과 며느리의 웃음이 닮았습니다. 한솥밥을 오래 먹으면 부부가 닮는다는 얘기가 이들에게도 맞아떨어집니다. 새까맣게 그을린 피부에 하얀 이가 드러나게 웃는 모습은 부자(父子)가 닮아 있고, 짧게 파마머리 한 키 작은 고부(姑婦)가 지어내는 소박한 웃음도 서로 닮아 있습니다.

할아버지는 집에서 소를 키우면서 소똥으로 퇴비를 마련합니다. 논 농사를 지어 가족들과 쌀을 나누어 먹고, 거기서 나오는 볏짚으로 퇴비를 만들어 쓰고 가을에는 마늘을 심어 겨우내 마늘이불로 사용하는 지혜를 실천합니다. 겨우내 눈비 맞은 볏짚은 다시 소똥과 '버무려져서' 땅을 살리고 알곡들을 풍성하게 만드는 미생물이 온전히 살아 있는 좋은 거름이 됩니다.

부지런히 밭 갈고 곡식을 거두는 할아버지네 농산물은 이미 도회지에서도 서로 달라고 야단이랍니다. "농사만 잘 지으면 서로 달라고 난리여." 할아버지 말씀에 그만 한 힘이 들어가 있습니다.

평생 농사만 지은 할아버지 내외는 올해가 결혼 50주년이랍니다. 삼남매 남부럽지 않게 대학까지 공부시켰고 대학원 공부까지 한 딸은 외국에 나가 있는데 농사지어 공부시킨 보람이 있다고 자랑스러워합니다. 그 딸이 시집 잘 가서 부모에게 효도하고 할아버지 자랑거리를 만들어주었으니 얼마나 고마울까요.

"내가 이 나이까지 농사짓는 건 큰아들 때문이여." 할아버지는 눈꺼풀을 쓸어내리십니다. "큰아들 놈이 좀 모자라. 며늘애도 좀 그렇고. 그러니 어떡혀. 농사라도 가르쳐야지." 그새 할아버지 눈시울이 발개지십니다. 열 손가락 깨물어 안 아픈 손가락이 어디 있을까요?

억장이 무너져도 자식새끼 천지간에 귀하고 그 자식한테서 나온 손주들 생각하면 하루도 쉴 수가 없다고 말씀하시는 할아버지가 너무 고맙습니다. 멀쩡한 제 자식도 버리는 요즘 세상에 조금 부족한 장남을 잘 키워서 그 아들이 할 수 있는 농사일 찬찬히 가르치고 장가 들여 그 손주들까지 공부시키며 알콩달콩 살아가는 할아버지는 살아 있는 참농부요, 이 땅의 원로입니다.

할아버지의 희망대로 도회지로 나가서 자기 일 열심히 하고 사는 자식들에게 힘껏 농사지은 귀한 곡식들 봉지봉지 담아서 보내는 게 할아버지의 낙이랍니다. 이보다 귀한 소망이 있을까요? 씨 뿌리고 기도하는 농부의 겸허함이 할아버지의 귀한 웃음 속에 모두 담겨 있습니다.

도회지로 모두 떠난 농촌에서 이렇게 건실한 농부를 만나기는 쉽지 않습니다. 흔들리는 농가 정책 때문에 빚더미에 오른 농부가 도시로 떠

이웃집 할아버지는 힘껏 농사지은 귀한 곡식들 봉지봉지 담아서 자식들에게 보내는 게 낙이랍니
다. 이보다 귀한 소망이 있을까요? 씨 뿌리고 기도하는 농부의 겸허함이 할아버지의 귀한 웃음
속에 모두 담겨 있습니다.

나고, 열심히 농사지은 곡식들을 한순간에 자연 재해로 잃어버린 농부가 농촌을 버리고 도시로 떠나는 마당에 50년 동안 한눈팔지 않고 열심히 땅을 믿고 살아온 할아버지는 이 땅의 자랑스러운 주인입니다. 그리고 할아버지 아들이 계속 이어나갈 그 땅은 우리의 고귀한 삶의 터전입니다.

일을 마치고 할아버지는 경운기 뒷좌석에 할머니를 태우고 앞서 가고 아들은 어여쁜 아내를 짐 자전거에 태우고 시원한 바람을 맞으며 아버지 뒤를 따릅니다.

삶이란 레고 맞추기처럼 또각또각 맞춰야만 하는 건 아닌 듯싶습니다. 누군가 말하지 않아도 알아들을 수 있고 눈빛만 봐도 그 사람의 말을 알아들을 수 있는 있는 가족, 병화 할아버지네 가족을 보면서 어렴풋이 삶이란 이런 것이구나, 내 가슴 한자락으로 들어옵니다. 줄 잡아주는 두 부자가 나누는 호흡처럼.

시골에 내리는 비

소낙비가 내립니다. 하룻밤 사이 250밀리미터나 되는 엄청난 폭우가 쏟아집니다. 산사태가 나고 복개천이 넘치고 지하에 사는 사람들은 밤새워 물을 퍼내고 농작물은 잠겼습니다.

오랜 가뭄에 목말라하고 기도하던 게 엊그제 같은데 이번엔 너무 많이 쏟아 부어 잠겨버린 살림살이를 건져내고 씻고 말리고. 참으로 불공평합니다.

인간의 이기심은 어디가 끝일지요. 산책길에 하천에서 악취가 난다고 코를 막고 다니면서 비가 와서 모두 씻어내려 가기를 바랐으면서, 그 바람대로 하천은 깨끗하게 씻어내려 갔건만 우리 눈앞에서 없어진 더러운 쓰레기는 강을 따라 바다로 내려가 바다 속 생태계를 파괴하는 주범으로 몰리고, 바다가 삶의 터전인 어민들을 울리고.

더러운 것은 안 보고 살고 싶고, 더러운 냄새는 더더욱 싫어서 작은 하천마다 복개천을 만들어 차가 쌩쌩 달리고, 모자란 주차공간을 확보

하고, 코 막고 눈 꼭 감고 살다가, 이번에 넘쳐버린 복개천이 몰고 온 재앙을 두고 또 누굴 탓할 건가요?

어릴 적 기억 속의 장마도 무서웠습니다. 새마을운동이 시작되기 전 마을엔 저수지도 없고 갑자기 불어난 도랑물은 마을을 삼켜버릴 것 같았습니다. 이웃집 흙담은 무너져 내리고, 가축들은 떠내려가고 마을은 술렁거렸습니다.

점점 불어난 물에 마을은 고립되어서 언니들은 학교에도 못 가고, 어른들은 서로 도와가며 무너진 담을 엮어 매고 부러진 감나무를 잘라내고, 터진 논두렁을 막느라 애를 먹었습니다.

그래도 아이들은 신이 납니다. 장화를 신고 나와 철벅철벅 뛰어다니고 장화가 없는 아이들은 맨발로 찰박찰박 산에서 내려오는 물살을 가르며 물장난을 합니다. 새까맣던 시골 아이들의 발이 모처럼 뽀얗게 불어서 쪼글쪼글해집니다.

어떤 아이는 고무신이 떠내려갔다고 울고, 베개를 아이처럼 업고 있던 아이는 발을 헛디뎌 베개와 함께 물살에 떠내려가다가 어른들이 뛰어들어 간신히 구해내기도 했습니다.

오랜만에 나온 저녁 햇살은 저 혼자 서산을 넘어가기 싫어서 산골 마을 아이들에게 무지개를 만들어주기도 하고, 황금빛 저녁노을은 모여 앉은 마을 사람들 얼굴을 홍시처럼 발갛게 만드는 요술을 부립니다.

언니들은 아카시아 잎을 모두 훑어내고 동생들 머리에 파마를 해줍니다. 물만 닿으면 금방 풀어지는 곱슬머리지만 소꿉놀이할 때는 아카시아 잎으로 고데를 해서 올리고, 물 아카시아 여린 줄기로 매니큐어를 칠하고, 도시 아이들의 인형 대신 베개를 하나씩 업고 나와 엄마가 되고 아빠가 되고 시집간 고모가 되어서 살림을 살아봅니다.

그 작은 아이들의 마을로 돌아가고 싶습니다. 홍두깨로 밀어낸 칼국수가 가마솥 가득 끓고 있을 마당에 사립문 열고 살며시 들어가고 싶습니다.

아래윗집 식구들 모여앉아 모깃불 연기 쫓아가며 어른들의 살아온 이야기를 듣고 싶습니다. 어머니 무릎 베고 시집살이 고된 이모의 눈물 콧물 섞인 하소연을 듣고 싶습니다. 한 손으론 머리카락 쓸어주고 또 한 손으론 모기 쫓느라 부채질을 해주던 어머니 무릎에서 잠들고 싶습니다. 비료 포대로 만든 부채는 선풍기보다 시원합니다.

비 갠 오후엔 집집마다 뽀얀 감자를 삶아서 골목에 나와 앉아 나누어 먹던 추억 때문에 지금도 비가 그치면 감자를 삶아 옆집 친구를 부릅니다. 열무김치와 하얀 감자가 만났을 때는 훨씬 따뜻하고 향기롭습니다.

어려운 일 서로 나누고, 작은 것도 나누어 먹고, 애달픈 삶의 무게까지 나누어 지던 아름다운 사람들, 그 작은 아이들이 살던 마을이 그리워집니다.

이 장마가 조용히 지나갔으면 좋겠습니다. 개골개골, 맹꽁, 개골개골, 맹꽁, 컹컹 개 짖는 소리까지 오늘은 삼중주를 감상합니다.

어스름 강가에서

지난 토요일엔 아이들을 데리고 강으로 갔습니다. 다슬기를 잡기로 했는데, 하필 저수지 수문을 열어서 물은 한강이 되었고, 뿌연 흙탕물이라 다슬기는 모두 숨어버렸습니다. 한참을 기다려도 물이 좀처럼 맑아지지 않자, 아이들이랑 남편은 돌을 던져 물수제비뜨기 놀이로 작전을 바꾸더군요.

아이들이 신나게 노는 동안 강둑 위를 걸었습니다. 바람난 여자처럼 노을도 보고, 나보다 훨씬 더 커버린 갈대숲도 보면서 천천히 걸었습니다. 강가에는 모깃불로 좋은 쑥도 많이 자라 있고, 이름 모르는 꽃들도 마음껏 자신을 뽐내고 있습니다.

노을은 요술을 부립니다. 낮에는 없던 산 그림자를 강 속에 길게 드리우고, 형형색색의 산등성이를 고스란히 옮겨 놓은 양 그 모습 그대로입니다. 다리 밑으로 다리 하나를 더 만들고, 그 위로 자동차가 재빠르게 달려갑니다. 물속으로 달리는 자동차는 나를 동화 속으로 데려갑니다.

고향의 인천리 다리 밑으로 친구들이 풍덩풍덩 뛰어듭니다. 수영복도 없고 샌들도 없는 새까만 친구들은 발가락만 뽀얗게 불었습니다. 코를 틀어막고 뒤로 젖히고 머리를 물속에 담갔다 빼내면, 가지런히 머리를 빗은 예쁜 아가씨가 됩니다.

방파제 위로 올라앉아 뚝뚝 떨어지는 물기를 짜내고 옷을 말립니다. 새파랗게 떨리던 입술도 제 모습을 찾고, 고데를 한 머리카락이 빳빳하게 마르면, 조잘조잘 신작로를 걸어 집으로 갑니다. 집 앞 살구나무에 사는 참새네 가족들보다 더 시끄럽게 수다를 떱니다.

어스름의 강가는 기다림입니다. 들에 나간 부모님이 귀가하기를 기다리는데, 부모님은 보이지 않고 딸랑딸랑 소달구지가 먼저 집으로 옵니다.

강 밑으로 달려가는 자동차들은 그리움 속의 얼굴들을 싣고 빠르게 지나가버립니다.

한 방, 두 방, 세 방, 아빠의 묘기에 아이들은 소리를 지릅니다. 다슬기 잡기보다 물수제비뜨기가 더 신이 납니다.

강물 속에 내 얼굴을 담아봅니다. 울렁울렁 어지럼증이 나서 그만 얼굴을 빼냅니다. 그리움만 남습니다.

고추와 함께 춤을

뙤약볕 속에 서울에서 남편 친구가 찾아왔습니다. 남편과는 까까머리 중학교 친구입니다. 작년에도 여섯 살 난 귀여운 딸과 함께 와서 옥수수랑 심어놓고 고추에 말뚝도 박고, 밭고랑의 풀도 베어주고 돌아갔습니다.

황금 같은 휴가를 친구 집에 와서 농사일 돕기로 보내기란 쉬운 일이 아닙니다. 좋은 시설의 콘도가 얼마나 많아요? 강원도의 어느 멋진 콘도에서 편안하게 휴가를 보낼 수도 있는데 그 친구는 2년째 휴가 때면 우리 집으로 자원봉사를 자청합니다.

무작정 내려온 친구가 걱정도 되고 올해 일곱 살 난 딸이 남편을 너무 좋아해 헤어질 때마다 하룻밤만 더 자고 가자고 아빠에게 조릅니다. 그것도 안 되면 다음주에 꼭 내려오겠다고 약속하고 굳세게 손가락을 걸고 헤어지는 이유도 있습니다. 이름하여 여우방맹이(방망이)로 통하는 친구의 딸은 붙임성도 좋고 음식도 가리지 않으니 손님 중에 일등 손님입니다.

오랜만에 여우방맹이의 방문으로 집주인 불여우와 만나서 하하 호호 까르륵까르륵 숨넘어가게 웃어대니 두 남자가 덩달아 웃습니다. 어쩌면 여우방맹이한테 푹 빠진 이 집 아저씨의 속셈은 나중에 아예 우리 집으로 데려오려는 것인지도 모르겠습니다. 우리 작은놈과 나이를 따져보다가 친구의 눈총을 모른 체하고 웃어댑니다.

새벽에 일어나 토마토 주스 한 잔씩 마시고 밭으로 갑니다. 아이들이 자고 있는 이른 아침에 준비해 온 작업복 바지를 입고 모자를 눌러 쓰고 두 남자가 고추를 따기 시작합니다. 한 골씩 맡아서 따나가는데 친구는 많이 해본 사람처럼 가르쳐주지도 않았는데 고추 따는 법을 터득했습니다.

꼭지가 돌아간 반대방향으로 엄지손가락으로 돌려주면 간단하게 따집니다. 어떤 것은 방아다리에 꼭 끼어서 다른 가지를 부러뜨리지 않으려고 안간힘을 쓰게 됩니다.

언제나 남을 먼저 생각하는 사람, 남을 배려하는 사람은 같이 일하면 행복한 파트너입니다. 두 사람은 도란도란 옛날이야기며 형제들 얘기며 친구들 근황을 이야기합니다.

손바닥 길이만큼 잘 자란 고추를 한 움큼 따 자기 것처럼 좋아합니다. 비가 많이 오면 걱정해주고 태풍이 지나가면 바로 전화해주는 친구가 있어 든든합니다. 큰 수입이 없어도 자신이 서울에서 돈 벌고 있으니 걱정 말라고 늘 말이라도 힘나게 시원시원하게 해주는 친구가 고맙습니다. 올해 고추 첫 수확을 친구가 함께 와서 축하해주니 더없이 기쁩니다.

아침마다 만나면 "고추야 잘 자라라." 인사하고 병 없이 잘 자라주어서 고맙다고 칭찬해주고 농약, 화학비료 없이 미생물 영양제와 물을 주고 보살펴 키운 고추를 수확하는 날이니 어찌 파티를 안 할 수 있겠습니까?

어젯밤 전야제로 호박 부침개와 삼겹살 구워 소주 한잔씩 기울였습니다. 고추 하나하나에 이름표를 붙여줄 순 없지만 어느 하나도 빼놓을 수 없는 주인공들입니다. 옆집 아저씨가 확성기로 틀어놓은, 골짜기를 쩡쩡 울리는 라디오 소리 들으며 그래도 채널 바꿔달라고 짜증내지 않고 잘 자라준 고추들이 대견스럽습니다.

사랑한다고 좋아한다고 고백하면 수줍은 색시처럼 잎사귀만 살랑거리던 고추들이 이제 옷을 갈아입었습니다. 그것도 너무나 정렬적인 빨간색으로 갈아입었습니다. 영화 〈셸 위 댄스〉에 나오는 여자 주인공의 원피스보다 더 빨간색으로 갈아입었습니다.

이제 잘 말려서 도시의 식탁으로 보내야 합니다. 작년에도 폭발적인 인기를 모았으니 올해도 그 인기가 지속되기를 기도합니다. 밥상이 풍성하게 빛나도록 기도하며 꼭지를 따고 마른 수건으로 잘 닦아서 방앗간에서 곱게 빻아 포장해 택배로 보냅니다.

올해는 편지도 한 통씩 넣으려고 합니다. 이 고추들이 5월 4일 처음 우리 집에 와서 반가운 인사를 나누고 하우스 안에 정식하고, 물 주고 말뚝 박아 줄 매주고 그물망 씌워 옆으로 넘어지지 않도록 유인해주었습니다. 꽃 피면 아침마다 살살 흔들어주어 수정이 잘 되도록 해주고 고랑의 풀 매어주고, 날마다 아부 섞인 칭찬요법으로 더욱 긴밀한 관계가 되어버린 고추와 우리 사이를 육아일기처럼 적어 편지로 보내려고 합니다. 매일 매일을 기록한 생산일지를 보내드릴 순 없지만 간단하게 적은 '고추 성장기'를 함께 보내려고 합니다.

우리 고추 사랑해주세요.

옥수수처럼 자라는 아이들

방학을 한 큰아이를 데리고 큰 도시로 나가 대형서점에 들렀습니다. 아이는 책방 바닥에 앉아 마음껏 책을 보고 나는 은행일을 보고, 상점에도 들르고, 마음에 드는 책도 사고, 돌아오는 길엔 맛있는 것도 사먹고, 모처럼 동생을 떼어낸 큰아이 엄마로 더 가까이 가려고 합니다.

아이는 버스 안에서도 노래에 맞춰 흥얼대고 가벼운 몸동작을 하고 옆에 앉은 엄마에게 조잘대고 살짝 어깨에 기대어보고 좋아합니다.

하기 싫은 전학을 시켜놓고 우리 부부는 마음을 졸였습니다. 멀리서 뚜벅뚜벅 혼자 걸어오는 아이를 보면 달려가 가방을 받아들고 같이 걸어오기도 하고, 밤마다 1킬로미터가 넘는 학교길을 온 식구가 걸어서 산책을 하며 축구도 하고 농구도 하고, 학교와 친해지려고 노력했습니다.

아이는 벌써 좋아하는 여자친구가 있고, 가끔씩 메일을 주고받고, 이제는 만화보다는 밤늦도록 영화를 보려고 하고, 부모와 생각이 맞지 않을 땐 거침없이 자신의 생각을 또렷하게 이야기합니다.

놀이터에서 묻혀 오는 모래를 털어내며 언제 크냐고, 이런 단순노동에서 언제쯤 벗어날 수 있느냐고, 언제쯤이면 우아하게 여가를 즐길 수 있느냐고 물어본 게 엊그제 같은데.

아이는 성큼성큼 자랍니다. 못자리 벼이삭이 검푸르게 뿌리 내리듯 하루가 다르게 커갑니다. 벌써 어렵지 않게 엄마와 어깨동무를 하고 길을 걷고, 자전거 산책길에도 속도가 떨어지는 엄마를 약올리며 너무 멀리 가면 되돌아와줍니다.

아이는 요즘 《그리스 로마 신화》에 빠져 있습니다. 얼마 전까지 《삼국지》와 《조선왕조오백년》 같은 역사책을 옆에 끼고 살더니 신화에 빠져듭니다.

이제 곧 문학에 빠져들겠죠? 《소나기》와 《어린왕자》와 《데미안》, 그리고 《인간의 역사》 같은 책을 읽으며 철학에도 관심을 갖겠죠?

아이는 그림을 그립니다. 미래의 만화가를 꿈꾸며 이면지를 채워갑니다. 역사책에 나오는 유비와 제갈공명과 조조와 관우를 그리고 곤충을 그리고 만화 캐릭터를 그립니다. 자신이 좋아하는 분야엔 마니아처럼 달려듭니다.

아이는 가수를 꿈꾸며 어디서든 노래를 부르고 춤을 추고 더 멋있는 춤을 추기 위해 동작들을 연습하고, 더 멋지게 폼을 내려고 더위에도 남방을 하나 더 걸쳐 입고, 머리는 찰랑거리도록 앞머리를 길러서 노란색으로 염색까지 했습니다.

부모는 어디까지 울타리를 쳐주어야 하고, 어디까지 개성을 살려줘야 하는지 좀처럼 잣대가 흔들립니다. 신문을 보다가도 아이들 교육에 관한 내용은 한 번 더 보려고 스크랩하고, 아이와 생각을 나눠보려고 저녁 식탁에 화젯거리로 올려보기도 합니다.

아이와 눈 맞추기, 입장 바꿔 생각하기, 취미생활 같이 하기 등. 그러나 농구를 하기에도 버겁고 축구공을 따라가기도 힘이 듭니다. 가수 god의 '거짓말'을 따라 부르기도 어렵고, 자전거 하이킹도 등줄기에 땀이 나고 다리가 아픕니다.

그래서 깨닫습니다. 아이는 아이식대로 자랍니다. 어른의 생각, 발자국으로는 아이를 잡을 수 없습니다. 그저 함께하는 시간을 늘이려고 합니다. 좋은 영화를 함께 보고, 좋은 음악을 같이 듣고, 저녁 산책길에 못 다한 이야기를 마저 하려고 합니다. 노래방에 가서 아이가 부르는 노래에 최대한 빠른 몸동작으로 백댄서가 되려고 노력합니다. 아이가 우리 곁을 떠나기 전에 많은 추억과 이야기들을 만들려고 합니다.

처음 이곳에 오면서 학교가 멀리 있어 논둑길을 걸어서 기찻길을 건너서 간다기에 너무 좋았습니다. 아이는 분명 긴 시간을 걸어서 오는 동안 신발주머니를 돌리면서, 방아깨비를 잡으면서, 개구리를 잡으면서, 추억을 만들고 그만큼 생각을 많이 하리라 속으로 환영했습니다. 하지만 그건 엄마의 욕심이었습니다.

아이는 버스를 타고, 학원차를 얻어 타고, 친구에게 차비를 빌려서 버스를 타고 옵니다. 그러나 절망하지 않습니다. 뺑뺑 돌아서 가야만 하는 기찻길을 절반도 안 되게 가는 방법을 찾았습니다. 물론 위험이 따릅니다. 동네 어른들이 개구멍을 만들어놓고 이용하고 있었습니다. 엄마가 개구멍을 가르쳐주었습니다.

아이는 요즘 개구멍을 넘어서 논둑길을 지나 우리가 가꾸는 텃밭에 오이가 몇 개 달려 있는지, 방울토마토가 빨갛게 익어가는지 보고합니다. 어떤 날엔 자전거를 가지고 아이 가방을 받으러 나갑니다. 아이는 가방을 싣고 엄마랑 오늘 학교에서 있었던 이야기를 도란도란 나누며 천천히 걸어옵니다.

오늘도 기도합니다. 아이가 자라서 이보다 더 아름다운 세상을 만들어가도록 말입니다.

느림보 걸음으로 놀아주어야지

깨꽃 필 때는 친정어머니도 반갑지 않다는 옛말이 있습니다. 삼복 더위에는 아무리 반가운 손님도 그리 달갑지 않다는 말입니다.

연분홍 깨꽃을 올해 처음 보았습니다. 산자락 다랑이 밭마다 작은 종 모양으로 조롱조롱 달린 참깨꽃이 활짝 피었습니다. 요염하게 화단에 피어나는 금낭화보다는 훨씬 더 소박하고 애교스럽습니다.

며칠 전 남편이 다니던 예전의 회사 동료가 가족 동반으로 찾아와서 하루 종일 밭일을 거들고 밤늦도록 이야기를 나누고 돌아갔습니다. 어제는 남편 친구가 휴가를 맞아 다녀갔습니다. 친구는 '체험 삶의 현장'을 찍는다면서 연방 땀을 뻘뻘 흘리며 풀을 베고, 아이들은 우리 트럭 짐칸에 타고 덜컹거리는 시골길을 달리면서 깔깔거리며 웃고 돌아갔습니다. 덥기는 해도 찾아오는 옛 동료가 반갑고, 기습적으로 이루어지는 친구들의 잦은 방문이 반갑기만 합니다.

환하게 피어 있는 깨꽃이 반갑게 손님을 맞아주니 더없이 좋습니다.

돌아가는 친구들의 차에 첫 농사로 얻은 오이와 옥수수를 아낌없이 가득 실어 보내줄 수 있으니 또 얼마나 좋은가요.

밤송이가 하나 떨어졌습니다. 큰 밤톨만 한 밤송이를 장난감처럼 손바닥에 올려놓고 굴려봅니다. 연두색 밤송이는 너무 부드럽고 아름답습니다. 우리 사랑도 그러하겠지요?

작고 여리기만 하던 아이들이 이제는 제법 성숙한 느낌입니다. 골목에서 축구하면서 소리 지를 때 보면 이젠 아이가 아니라 청소년입니다. 아이의 첫 신발을 장식해놓고 늘 보는데 믿어지지 않습니다. 이 아이가 정말 저렇게 작은 장난감 같은 신발을 신었을까? 아이는 벌써 내 신발을 같이 신고, 아빠의 작은 축구화를 얻어 신고 축구를 합니다.

신나게 땀을 흘리고 마당 수돗가에 엎드려 등목을 합니다. 호스를 들고 땀으로 범벅이 된 머리를 감겨주다가 문득 아이에게서 아빠의 모습을 발견합니다.

"어~ 시원하다! 백만 스물하나, 백만 스물둘⋯⋯."

팔굽혀펴기를 두세 번 하고 근육을 보여줍니다. 똑같은 말투, 똑같은 익살로 엄마를 놀립니다.

텔레비전에서 야한 키스 신을 보면 거시기가 선다는 아들은 벌써 청년입니다. 노래방에 가면 마이크를 내려놓지 않는 가창력 있는 노래 실력으로, 엄마 아빠 노래 부를 땐 분위기 있는 백댄서로 우리를 웃겨줍니다. 아이는 우리와 함께 커가겠지요?

앞마당의 밤송이처럼 여리고 부드럽다가 단단한 알밤을 품고 키워

나가듯이, 아이도 단단한 꿈을 향해 힘껏 공을 높이 차 올리겠지요? 저 높은 하늘을 향해 오늘도 신나게 뛰어놀겠지요?

며칠 전 아이들은 저희들끼리 대구에 있는 고모 집에 갔습니다. 낯선 충주버스터미널에서 3시간 30분이나 걸리는 고모 집으로 파이팅을 외치며, 두 손가락을 입에 대고 사랑의 키스를 날리며 씩씩하게 떠났습니다. 아이들을 보내고 돌아오는 우리 부부는 만세를 불렀습니다. "하나, 둘, 셋~ 자유다!"

요즘엔 방학이라고 해도 사촌들끼리 잘 만나기가 어렵습니다. 모두 학원에 다니느라 학기 중보다 더 바쁜 게 요즘 학생들의 방학입니다.

아련하지만 생각해보면, 어릴 적 방학이 되면 사촌들끼리 모여 밤을 꼬박 지새우며 못 다한 정담을 나누었습니다. 시골집 사랑방에 모여 앉아 어른들 모르게 소곤소곤 밀담을 나누지 않았던가요. 좋아하는 남자친구 이야기도 사촌언니와 몰래몰래 나누었고, 학교 선생님을 사모하는 마음도 그 밤에 비밀스럽게 오고갔습니다.

큰아이가 초등학교 3학년 때부터, 일곱 살 난 제 동생과 함께 대구에 있는 고모 집으로 떠나보냈습니다. 걱정이 앞섰지만 아이들에게 그 별난 경험을 하게 해주려고 강행했습니다. 벌써 네 해째.

이번에도 아이들은 방학도 하기 전부터 저희 고종사촌들과 여름방학 계획을 짜놓았습니다. 그동안 못 만나고 그리운 마음들을 방학 동안 만나서 실컷 풀기로 약속합니다. 큰녀석은 동생의 안전벨트를 매어주고, 씩씩하게 잘 다녀오겠노라고 인사를 합니다.

그렇게 두 손 꼭 잡고 새로운 세상을 경험하고 돌아오면 녀석들은 방학 동안 한 뼘은 쑥 자라 있습니다. 느티나무처럼 든든한 버팀목으로 자리를 굳힌 형을 따르는 동생의 마음과, 전에 없던 너그러운 마음으로 동생을 사랑하는 형의 마음이 푸른 들판처럼 넓어져 있습니다.

오늘밤도 저희 고종형의 제2성징을 비밀스럽게 듣고는 키득거릴 것입니다. 도회지에서는 손님이 부담스럽기 짝이 없습니다. 꼬마 손님에게 발뒤꿈치 들고 살살 다니라고 요구해야 하는 민망함은 공동주택에 사는 서러움입니다. 너그럽고 품위 있는 주인이 되기는 애초에 글렀습니다.

아이들이 조금만 떠들어도 인터폰이 울리고 경고가 날아옵니다. 이번에도 아이들을 고모 집에 보내면서 집 안에서는 뛰지 말라고 단단히 일렀습니다. 공동주택에 사는 아이들 고모가 처지가 난처해질까 봐 걱정스럽습니다.

하지만 방학 때마다 '공부마당 바꾸기'를 계속할 것입니다. 우리 아이들이 사촌들과 같은 이불 속에서 속닥거리는 즐거움을 만끽할 수 있도록 다음 방학에도, 그 다음 방학에도.

널 모레면 아이들이 할머니랑 제 고종사촌들이랑 손을 잡고 시골 우리 집으로 돌아옵니다. 아이들이 오면 도랑에서 가재도 잡고, 여름에도 발이 시린 계곡에 가서 물장구도 치고 신나게 함께 놀아줄 참입니다. 살가운 공기, 맛깔 나는 시골 인심 속에서, 도회지에서는 돈 주고도 맛볼 수 없는 특유의 느림보 걸음으로 지낼 것입니다. 아직은 시골 사립

초입에 서 있지만 찾아오는 손님들과 더불어 문을 활짝 열고 그 안으로 고개를 들이밉니다. 깨꽃 향기가 은은합니다.

도토리를 주우며

갈색 중절모가 참 잘 어울리는 도토리

두 손 꼭 잡고 사이좋게 늙어가는 도토리

청춘의 중절모도 잘 어울리지만

갈색의 중절모는 더 멋진 노신사

지난 일요일에 가섭산으로 등산을 갔습니다. 자는 아이들 깨워서 주섬주섬 옷을 입히고 배낭에 얼린 물을 두 병 넣고 해가 뜨기 전에 서둘렀습니다. 산책로를 따라 걸어보았고 해발 750미터라는 안내표지판을 보았기 때문에 가볍게 생각했습니다. 우거진 노송들 사이로 좁다란 등산로가 나 있는데 한가롭게 열매를 따던 다람쥐들이 화들짝 놀라 저만치 달아납니다.

폴짝폴짝 개구리처럼 뛰어오르던 아이들은 차츰 짜증을 내며 얼마나 가야 하느냐고 야단입니다. 그냥 돌아가자는 큰아이를 달래 돌아가는 길이 더 멀다고 거짓말을 합니다.

멀다멀다 잠시 짜증을 냈지만 엄마랑 도란도란 이야기를 하고 저쪽에서는 아빠랑 도란도란 이야기가 끊이지 않습니다. 풀 이야기, 꽃 이야기, 친구 이야기……. 가만 들어보니 아빠는 이곳에 내려와서 사는 게 정말 행복하냐고 진지하게 묻는 큰놈을 보고 대견스러웠습니다.

아빠의 대답은 물으나마나 한결같습니다. 거창하게 행복이란 단어를 음미하진 못해도 최소한 절망하진 않으니, 이 삶도 참 좋다는 생각을 합니다. 무엇보다 아이들이 우리 곁에서 머무르고 저녁 식탁에 둘러앉아 두 손 모아 기도할 수 있으니 이것으로 족합니다.

조그만 등성이를 넘을 때마다 아이들은 몇 개나 더 넘어야 하느냐고 투덜거립니다. 얼려 온 물로 목을 축이고 앞으로 앞으로 전진!

"이게 뭐야?"

반질반질한 도토리가 여기저기 떨어져 있습니다. 갑자기 눈이 반짝반짝해진 작은놈이 이리 뛰고 저리 뛰고 날아다니며 도토리를 줍습니다. 녀석을 보니 장난기가 발동합니다.

"오늘 도토리 줍기에서 1등 하는 사람에게 천 원을 걸겠다."

"정말?"

방금 전에 짜증을 내던 녀석들은 어디로 가고 날쌘돌이 전사들이 이리저리 손을 놀립니다. 넷이서 주워 온 도토리는 금세 주머니들이 늘어지도록 꽉 찼습니다. 주머니가 찰 때마다 배낭에 담으며 누가 더 많이 주웠는지 세어보았습니다. 평소 승부욕이 강한 작은녀석은 형에게 지지 않으려고 이리 뛰고 저리 뛰느라 콧방울엔 땀방울이 송골송골 맺혔습니다.

욕심내서 줍는 건 문제가 아니었는데 배낭을 메고 물통을 지고 있는 아빠가 문제였습니다.

"그만 그만!"

제일 많이 주워 온 작은아이 승리로 그날 도토리줍기는 막을 내렸습니다. 도토리 덕분에 힘든 줄 모르고 정상까지 올랐습니다. 내려오는 길에도 도토리가 많았지만 다음에 또 오기로 하고 계곡을 따라 천천히 내려왔습니다.

내려오는 길에는 며느리밥풀꽃이 예쁘게 피어 있었습니다. 분명 올라가는 길에도 피어 있었겠지만 도토리에 정신이 팔려 꽃을 볼 생각도 못했습니다. 코발트색 달개비꽃도 산 중턱까지 씨를 뿌려 숲 속의 정원을 이루었습니다. 물소리 새소리 죽죽 뻗은 소나무 숲길을 산소 샤워를 하며 내려왔습니다. 도토리를 주우며 작은녀석이 던진 말이 입가에 웃음 짓게 합니다.

"다람쥐야 미안해. 네가 먹을 도토리 우리가 좀 뺏어간다. 미안."

녀석은 도토리를 주우며 다람쥐에게 미안했던 모양입니다. 하지만 무거운 배낭을 메고 말없이 따라오던 남편은 언제쯤 도토리묵을 먹을 수 있느냐고 벌써부터 아이처럼 보챕니다. 시원한 막걸리와 도토리묵 안주가 만나는 날, 평상에 앉아 도란도란 이야기가 길어지겠죠?

그 길고 무덥던 어머니의 여름

요즘은 오전에도 숨이 턱턱 막히도록 무더워서 아침 일찍 밭일을 시작하지 않으면 계획한 일을 마칠 수가 없습니다. 머리도 복잡하고 일의 능률이 오르지 않을 때는 오히려 땡볕에 나가 무작정 땀을 흘리는 게 상책입니다. 그러면 잡념도 없어지고 눈물을 펑펑 쏟아냈을 때처럼 오히려 카타르시스를 느낍니다.

장갑을 끼고 모자를 쓰고 단단히 준비를 하여 낫을 들고 고추밭 사이의 풀을 깎습니다. 풀이 뽑힐 정도로 낫이 들지 않습니다. 팔에 힘만 잔뜩 들어가고 땀은 비 오듯 쏟아지고 죽기 살기로 풀과 싸웁니다.

숫돌에 낫을 갈았더니 좀 괜찮다가 이내 처음처럼 무뎌집니다. 옛날 아저씨들이 도랑에서 낫 가는 모습을 기억해내곤 숫돌 한쪽 끝을 발로 괴고 물을 적셔 비스듬히 눕혀 낫을 갑니다. 낫 갈기도 쉽지 않습니다.

풀을 사랑한다는 말은 먼 옛날 낭만적인 얘기입니다. 바랭이, 명아주, 쇠뜨기, 환삼덩굴, 강아지풀……. 종류도 다양하고 번식력도 강해 벌써 서너 번 매주고 깎아줬는데 다시 산처럼 풀 천지입니다. 비가 오기만 하면 내 키만큼 자라는 풀들이 미워집니다. 어느새 허리춤까지 자란 명아주와 힘겨루기를 하다가 갑자기 친정어머니가 생각났습니다.

울컥하여 하늘을 올려다봅니다. 엄마는 낫질할 때와 질통(분무기)을 메고 약을 칠 때가 제일 서럽다고 했습니다. 아버지가 안 계셔서 엄마는 쟁기질만 빼고 남자들이 하는 일을 다 하셨습니다.

어머니 서른아홉, 그 여름에 아버지는 빗속으로 가셨습니다. 39년 전 7월 초이튿날. 6개월도 채 안 된 갓난아기를 엄마 젖가슴에 묻어두고 그렇게 가셨습니다. 차마 그 어린 눈동자를 볼 수 없어 허허 웃으시며 하늘만 보다가 가셨답니다.

아버지는 병이 깊어 병상에 누워서도 속이 너무 아파 땡감을 따서 속을 채우고 어린 자식들 몰래 하얀 소다를 한 움큼씩 입에 털어넣으셨답니다. 그 얘길 언니들에게 들으면서 이불 속에서 몰래 울던 어린 시절이 기억납니다. 얼마나 고통스러웠으면 감꽃 떨어진 새파란 땡감을 목으로 넘기셨을까요? 그래서 지금도 그 작은 감꽃을 볼 때마다 슬픕니다.

어머니의 그 해 여름은 얼마나 무더웠을까요? 빗속에 아버지를 묻고 돌아와 덩그러니 남은 육남매 어린 눈동자를 바라보며 어머니는 얼마나 많은 눈물을 쏟아냈을까요? 얼마나 많은 날밤을 지새웠을까요?

그러나 어머니는 삼우제를 지내고 바로 밭으로 나가서 일했습니다. 아무 생각도 할 수 없어서 오로지 육남매의 허기를 채워주기 위해 밭으로 가는 일밖에 없었답니다. 남편 잡아먹은 청상의 부끄러움도, 기막힌

마당에 불을 피우면 다른 날보다 더 많은 추억들이 생각납니다. 연기에 눈물이 나고 손은 거칠해
지지만 따닥따닥 콩대가 타들어갈 때마다 멀리 있는 오빠도 생각나고 언니들도 생각납니다.

슬픔도 어머니에겐 사치였습니다. 눈물을 보일 수 없어 혼자서 흐르는 땀 속에 눈물을 씻어냈을 어머니.

어머니는 늘 하얀 옷만 입었습니다. 무색옷은 남편 있는 사람만 입는다며 꽃무늬 월남치마는 한 번도 못 입으시고 하얀 무명치마만 입은 나의 어머니. 남편이 없어 자주고름도 못 매보았을 단색의 어머니 한복이 지금도 훈장처럼 어머니 서랍 안에서 잠자고 있습니다.

부끄러워 세상 사람들을 볼 수도 없는 젊은 상주에게 매달려 있던 갓난아기가 이제 서른아홉. 한참 교태부리며 살갑게 살아야 할 젊은 나이에 아버지를 떠나보내고 말뚱말뚱한 육남매 눈망울을 바라보았을 어머니의 긴긴 여름날을 이제 내가 서른아홉 어머니의 그 나이가 돼서야 알 것 같습니다. 자식들 몰래 쓸어내린 가슴속 저 밑에 깔린 슬픔을, 긴 한숨을 이제야 조금은 알 것도 같습니다.

동네 어른들께 인사 바르게 하고 혹여나 후레자식 소릴 들으면 엄마는 죽어버린다고 주문처럼 외우던 대쪽같은 어머니. 아무리 힘들어도 자식 앞에선 눈물을 보이지 않던 강인한 어머니. 그렇게 강인하던 어머니가 더 슬퍼지는 건 왜일까요? 차라리 약한 모습 보이고 힘들면 힘들다고 하지, 이 악물고 참던 어머니가 더 슬퍼집니다.

이제 하얗게 서리 내린 어머니 머리 위에 예쁜 꽃핀을 꽂아드리고 싶습니다. 그 앙상한 다리에 명아주로 만든 튼튼한 지팡이를 만들어드리고 싶습니다.

밭두렁에 앉아 울다가 서른아홉 어머니의 여름이 슬퍼집니다.

여우비처럼 오는 손님

연일 쏟아지는 불볕더위를 피해서 산으로 바다로 모두 다 떠납니다. 국내뿐만 아니라 해외출국도 최고랍니다. 옆집에도 그 옆집에도 보이지 않던 손님들이 찾아옵니다. 황금 같은 휴가를 부모님과 함께 보내려는 착한 자식들이 있기에 농촌의 여름은 더 시원하고 정이 넘칩니다.

모처럼 옆집 할머니의 손수레가 바쁩니다. 옥수수를 꺾고 참외를 따고 오이를 따고 꽈리고추를 따서 바구니 가득 넘쳐납니다. 오랜만에 찾아온 아들 내외를 위해 눈에 넣어도 아깝지 않은 손주들을 위해 할머니의 손이 빨라집니다. 손주들 앞세우고 아들 차를 얻어 타고 밭으로 오시는 할머니는 더 이상 부러울 게 없습니다.

"새댁 나왔어?" 할머니가 나보다 먼저 인사하십니다.

"네, 할머니. 오늘은 손님이 많네요."

아들이 휴가를 맡아서 내려왔노라고 말하는 할머니의 목소리에 힘이 들어가 있습니다. 평소에는 손수레를 끌고 천천히 아주 느리게 채마

128

밭을 오고 가셨습니다. 간혹 우리가 밭으로 오는 길에 우리 차를 타시라고 권해도 한사코 거절하십니다. 부득이 물을 얻어 마시거나 비 오는 날에만 같이 차를 타고 내려가시는 아주 깔끔한 성격의 할머니십니다.

우리 집에도 손님이 넘쳐납니다. 지난주에는 남편 친구가 여름 휴가를 맞아 부녀가 와서 이틀 밤을 자고 갔습니다. 귀염둥이 딸은 남편을 졸졸 따라다니며 애교를 떨어댑니다. 평소에도 딸을 갖고 싶어 하는 남편이 부러운 눈으로 친구의 딸에게 수다쟁이 아저씨가 되어줍니다. 친구는 고추를 따주고 딸아이에게 들꽃의 이름을 가르쳐주고 흙의 소중함을 알려주고 싶어서 우리 집으로 내려왔답니다.

산 좋고 물 좋은 피서지가 많을 텐데 그 친구는 고추밭에서 실컷 땀을 흘려보겠다는 각오로 내려왔습니다. 친구는 새벽부터 주인보다 먼저 일어나 밭에 가자고 서두릅니다. 새벽별보기운동에 참가한 사람처럼 5시부터 알람을 울려놓고 우리를 깨웁니다. 친구의 말대로 낮에는 더워서 일하기가 힘드니 아침 10시 전에 일을 마치고 한낮에는 휴식을 해야 합니다.

어제는 고등학교 때 친구가 남편과 함께 다녀갔습니다. 오랫동안 직장생활에 지친 친구 남편은 3년 전 직장을 그만두고 장사를 했습니다. 그래서 우리가 내려온 지 2년이 되도록 한 번도 올 수가 없었는데 다시 직장에 들어가게 되어 타지에서의 첫 출근을 앞두고 밀월여행을 떠나온 셈입니다. 그중에 하루를 쪼개어 우리 집을 찾았습니다. 오랜만에 만났는데도 언제나 인사는 정월 초하루입니다. 밥하는 시간도 아껴가며 그동안 못 다한 이야기보따리를 풀어놓습니다. 옥수수를 쪄내니 이 것이 농약 한 번 안 친 그 귀한 옥수수냐고 묻습니다. 옥수수가 정말 맛 있다고 벌써 농사에 선수가 된 건 아니냐고 묻습니다.

도대체 궁금해서 더는 못 기다려서 이번에 시간을 냈다면서 밭을 둘 러보고 남편이 비상근으로 일하는 흙살림연구소를 둘러보고는 친구 남 편이 말합니다.

"나 오늘부터는 두 발 쭉 뻗고 잘 수 있겠습니다."

그러면 지금까지 2년 동안 다리 한 번 못 뻗고 살았다는 얘긴가? 친 구의 넉살에 한바탕 웃어젖혔습니다.

갑자기 쏟아진 소나기를 피해 비닐집 안에 피해 있던 친구 부부는 오늘처럼 빗소리가 예쁜 적이 없다고 합니다. 비닐집 위로 떨어지는 빗 소리는 정말 예술입니다. 어떤 악기소리보다도 정겹고 가만히 눈 감고 추억에 빠져들 수 있는 타임머신입니다. 노란 참외 하나 따서 친구와 나눠 먹으니 "아! 이 맛이다. 시골에서 먹던 그 참외 맛!" 하고 감탄사 를 연발합니다.

햇빛 쨍쨍한 날 갑자기 소나기가 쏟아 붓고 여우처럼 햇볕이 쏟아질 때 어른들은 호랑이 장가간다고 그러셨습니다.

더운 여름이라 친구가 고생스러울까 봐 몇 번이나 망설이다 왔는데 정말 잘 왔다고 몇 번이나 말합니다. 시간을 쪼개어 얻은 나들이에 소 나기를 보너스로 받아 모처럼 추억 속으로 여행할 수 있었다고 친구 부 부는 즐거워했습니다. 갑자기 퍼 부은 소나기마저도 아름다운 추억으로 남을 친구를 생각하니 우리도 덩달아 행복이 전염된 것 같습니다.

이런 반가운 손님들이 있기에 그리움도 풀고 오래도록 기억될 여름 추억도 만들어지는 것입니다. 여름 손님은 반갑지 않더라는 말은 이제 바꾸어야 합니다. 먹을거리가 풍성한 때고 돌아가는 도회지 사람들에게 차 트렁크 가득 실어줄 수 있을 때가 바로 여름입니다.

아이들을 부르는 낯익은 할머니의 음성이 울려 퍼지고 모처럼 도회지에서 온 차들로 골목이 넘쳐나도 한철 북적거리는 농촌 들녘이 가장 아름다운 때는 이 여름입니다.

호랑이 장가간다는 여우비처럼 잠깐 다녀간 친구들이 벌써 보고 싶습니다.

호박이 넝쿨째 굴러왔어요

하하하! 담 너머에서 호박이 굴러왔어요.

뒤꼍에 갔다 오던 남편은 누가 들을까 봐 목소리를 낮추고는 소곤소곤 말을 합니다. 우리 집 울타리로 넘어온 호박을 주인에게 돌려줘야 하느냐구유. 그 말이 다 떨어지기도 전에 "아니유." 했지요.

글쎄 어찌 된 일이냐면요. 이웃집 텃밭과 저희 집 뒤뜰이 벽돌로 경계가 되어 있거든요. 깨어진 담 틈 사이로 호박이 우리 집 마당으로 저 혼자 들어온 게지요.

호박 넝쿨이 조금 들어오더니 점점 커지면서 꽃을 피우고 드디어 호박이 열렸어요. 흙 한 점 없는 시멘트 바닥에서 자라겠나 싶어 내버려 뒀지요. 그런데 그 호박이 글쎄 모진 비바람을 견디고 쑥쑥 자라는 거예요. 이젠 제법 커서 두 주먹만 한 애호박으로 반짝반짝 예뻐졌어요.

요즘 전우익 선생님의 책《호박이 어디 공짜로 굴러옵디까》라는 제목을 올림픽에 참가한 체조선수처럼 가볍게 뒤집어놓고 말았어요.

깨어진 틈 사이로 얼굴을 내밀었다가 그만 다른 형제들과는 영영 멀어지고 이웃집 마당에서 외로운 가을을 맞고 있는 호박이 안쓰럽기도 하구먼요. 지금 보내려니 넝쿨을 뺄 수도 없고 넝쿨을 어렵게 담장 너머로 올려놓아야 하는데 그건 또 얼마나 위험한 일이래요. 아이고 호박 거저 먹으려다 마음만 더 복잡해지는구먼요.

오늘은 가보니 그 옆으로 호박이 또 하나 열렸어요. 그놈이 크면 주인과 하나씩 나누어 먹어도 되겠지요? 이왕에 우리 집에 넘어온 호박인데 상처 나지 않게 건강하게 잘 자라주었으면 하는 게 두 번째 주인의 바람이에요.

시골에 내려오니 가끔씩 뜻하지 않은 곳에서 보너스가 기다립니다. 집 앞을 그냥 지나치지 않고 호박 한 덩이 슬쩍 집어주고 가는 이웃집 아줌마가 있어 좋고, 우리 방 벽으로 예전에 연통구멍이 있었나 본데 그 작은 틈 사이로 와서 아침마다 노래 불러주는 아름다운 새들이 있어 좋고, 난데없이 호박이 넝쿨째 굴러오는 행운마저 겹쳤으니……. 내일은 또 어떤 보너스가 기다리고 있을지 기다려지는구먼요.

자연이 된다는 것

들꽃들이 너무 예뻐 그냥 지나칠 수 없는 요즘,

잠깐 피었다 진 꽃들이 새삼스레 그리워집니다.

바람에 살랑거리는 메밀꽃을 보니 어디로든

여행을 떠나고 싶습니다. 황금 들녘에 나가

논두렁 따라 해바라기하며 걷고 싶습니다.

지나가는 기차에게 손 흔들어주고

하루쯤 소녀로 돌아가고 싶습니다.

차라리 들꽃이고 싶다

　가는 곳마다 물봉선이 퐁퐁 터지는 9월입니다. 산언저리나 수로 옆에는 어디든 지천으로 피어나고 그룹으로 피어나기에 더욱 빛나는 가을꽃입니다. 가을꽃 하면 코스모스나 키 큰 해바라기나 들국화를 연상하는데 지역 특성인지 모르나 이곳 충북에서는 보랏빛 물봉선을 손꼽습니다.

　거리를 지나다가 키 작은 코스모스를 볼 때마다 안쓰럽다는 생각을 합니다. 지난여름 생활근로자로 일하시는 분들이 더위에 코스모스 윗부분을 싹둑 자르는 모습을 보고는 너무 인위적이라는 생각이 들었습니다.

　한번도 꽃을 피우지 못하고 잘리는 꽃봉오리도 많습니다. 봄에는 감자알이 굵어져야 한다고 감자꽃을 모조리 따내고, 여름날 담배꽃이 피면 잎이 잘 자라지 않는다고 꽃대가 올라오자마자 따냅니다.

자주 꽃 핀 건 자주 감자,

파 보나 마나 자주 감자.

하얀 꽃 핀 건 하얀 감자,

파 보나 마나 하얀 감자.

— 권태응, 〈감자꽃〉 전문

학교 다닐 때 제일 쉽게 외운 동시가 〈감자꽃〉입니다. 그런데 요즘은 감자꽃을 볼 수 있는 날이 얼마 되지 않습니다. 달빛에 하얗게 빛나는 우윳빛 감자꽃은 슬픈 꽃입니다. 무리를 이루어 피기도 전에 봉오리가 생기면 주인은 목을 자릅니다. 간혹 운이 좋아 꽃이 핀다 해도 씨를 종자로 하지 않는 꽃은 불안하기만 합니다. 어쩌면 뿌리식물들의 공통적인 운명인지도 모르겠습니다.

담배는 작은 우산만큼 잎을 키워내고 간신히 꽃을 피우지만 이모작을 기다리는 농부의 마음에 담배꽃은 안중에도 없습니다. 담배 밑 순을 거의 따내면 후작으로 콩을 심는데 담배 사이에서 이미 싹을 틔우고 담배가 끝나면 대공을 베어내고 그 자리에 콩이 자리를 잡습니다. 살뜰한 농심이긴 하지만 초보 농부는 담배꽃도 볼 수 있으면 좋겠다는 바람이 먼저 듭니다.

처음 이곳에 내려와서 담배를 본 적 없는 우리는 '배추를 왜 이렇게 많이 심지?' 하며 의아해했습니다. 봄 햇살 따사롭게 내리쬐면서 잎이 무성해지고 배추보다 훨씬 크게 자라는 놈은 배추가 아니라 담배였습니다. 모두 계약재배인지라 서로 그 면적대로 다 농사를 지으려고 애를 씁니다. 어느 작물이나 판로가 없어 애를 태우지만 담배인삼공사와 많은 담배 애호가들의 성원에 힘입어 제일 인기 있는 작목입니다.

친환경농산물을 고집하면서도 농약 투성이인 담배는 아무런 까탈도 안 부리고 꾸준히 섭취하는 애호가들에게 재배농가에서는 고마움을 표시해야 하지 않을까요? 아무튼 소탈한 담배 애호가들 덕분에 풀을 잡을 수 없는 노인들이 농사짓기에는 제일 쉬운 작물인 셈입니다. 차라리 들꽃이라면 이렇게 서러운 운명은 아니었을 텐데…….

예전처럼 보라 꽃을 보고 보라 감자가 나올 거라 상상하면서 감자를 캔다면 얼마나 좋을까요? 담뱃잎이 좀 작아도 신부의 약혼 예복 드레스 같은 그 예쁜 담배꽃을 함께 볼 수 있으면 얼마나 좋을까요?

세상에 예쁘지 않은 꽃이 어디 있으며 이름 없는 꽃이 어디 있으랴. 농부에게는 벼꽃도 예쁘게 보이는데 오직 감자꽃과 담배꽃에게 너무 가혹한 건 아닌가 생각합니다. 벼도 꽃이 피나 생각하겠지만 진초록의 여름이 지날 무렵 약간 노란 색을 띠면서 벼꽃이 피어납니다. 특별한 향기도 없지만 누런 벼가 익어갈 생각을 하면 벼꽃은 절로 예쁘게 보이나 봅니다.

칡꽃 향기에 취해보았나요? 어느 나뭇가지를 마다 않고 기어 올라가는 칡넝쿨은 요즘 보랏빛 꽃을 피워 자신의 향기를 뽐내며 자랑합니다. 들꽃들이 너무 예뻐서 그냥 지나칠 수 없는 요즘, 잠깐 태어났다가 사라져간 꽃들이 새삼스럽게 그리워집니다. 메밀꽃 축제도 있고 사과꽃 축제도 있고 복사꽃 축제도 있는데, 감자꽃 축제는 왜 없을까요? 내년부터 감자 재배농가에서 시도해보면 어떨까요?

바람에 살랑거리는 메밀꽃을 보니 어디로든 여행을 떠나고 싶습니다. 황금 들녘에 나가 논두렁 따라 해바라기하며 걷고 싶습니다. 지나가는 기차에게 손 흔들어주고 하루쯤 소녀로 돌아가고 싶습니다. 차라리 들꽃이고 싶습니다.

가을 하늘의 쌍잠자리처럼

"엄마, 쌍잠자리다!" 놀라며 아이는 잠자리를 졸졸 따라다닙니다.

"엄마, 쟤네들은 왜 업고 다녀?" 작은아이는 궁금해서 못 삽니다.

"음, 둘이 사랑하나 봐." 했더니, "아니야. 귀찮아서 계속 도망 다니는 거야." 합니다.

"아닌 것 같은데? 너무 좋아서 업고 춤을 추는 것 같아." 했더니, "별일이야. 그런데 밑에 있는 잠자리가 너무 힘들 것 같아." 하면서 아이는 끝없이 궁금해합니다.

잠자리는 둘이서 사랑하느라 우리들의 궁금증에는 아랑곳하지 않고 우리들 머리 위를 빙빙 돌며 춤을 추다가 멀리 날아가버립니다.

가을 하늘은 아름답습니다. 뭉게구름이 솜사탕보다 하얗고, 붉은 저녁노을은 표현할 형용사가 모자랍니다. 매일매일 다른 그림으로 우리 아이들에게 선물을 줍니다. 창을 열면 들판을 바라볼 수 있어 너무 좋습니다. 좀 더 개발이 늦추어지길 바랄 뿐입니다.

시골의 가을은 참 아름답습니다. 하늘에는 뭉게구름이 솜사탕보다 하얗고, 붉은 저녁노을은 표현할 형용사가 모자랍니다. 매일매일 다른 그림으로 우리에게 선물을 줍니다. 창을 열면 들판을 바라볼 수 있어 너무 좋습니다.

자전거 탈 때도 웅덩이가 있으면 앞에 가는 형은 동생에게 "인안아, 발 들어!" 하고 소리칩니다. 진흙탕 속에 운동화를 적셔 와도 좋습니다. 흙을 밟아보는 것만도 행복한 아이들입니다.

메뚜기랑 방아깨비랑 배추흰나비랑 고추잠자리랑 모두 아이들의 친구들입니다.

어제 내린 비가 세상의 먼지를 잠재우고 땅속으로 들어갔습니다. 뿌려 놓은 무씨가 메마른 땅은 너무 무거운지 고개를 못 들고 있습니다. 이 비를 맞고 기지개를 펼 수 있을까요?

작은아이와 철길에서 만나 걸어오기로 약속하고 학교에 보냈습니다. 아침에도 철길까지만이라고 했는데 눈을 깜박거려가며 애교를 떠는 바람에 학교 앞까지 데려다주고 왔습니다.

엄마 치마폭을 떠났으면 하면서도 속으로 아쉬운 쪽은 엄마입니다. 오후 내내 놀이터에서 놀고 오면 대견하고 예뻐서 쪽쪽 빨아대고, 통통한 엉덩이를 씻겨줄 때면 이제 곧 졸업해야 할 시간이 아쉬워집니다.

뜨개질하는 옆에서 종이를 오리고 그리고 하더니, 선물이라며 꼬깃꼬깃한 종이를 내밉니다. 펼쳐보니 '세상에서 제일 예쁜 엄마'라고 씌어 있습니다.

아이보다 예쁜 꽃은 없습니다. 가을 하늘의 쌍잠자리처럼 그렇게 오래도록 사랑하고 싶습니다.

해바라기는 나의 희망

오늘 아침 선물처럼 해바라기가 웃습니다. 4월 수수꽃다리 하얗게 피어날 때 이 집을 계약하고, 5월의 어느 날 내려와 여기저기 흩어져 태어난 해바라기를 내 기준대로 내 방식대로, 줄 맞춰 심어놓았더니 오늘은 내게 선물을 안겨줍니다.

매일 아침 해바라기 그늘에 숨어 커피를 마시고, 매일 아침 동네 사람들 몰래 윙크하며 남편을 배웅하고, 매일 아침 누가 더 큰가 키재기를 하는 즐거움을 주는 다정한 친구입니다. 태어난 지 서너 달 만에 담장을 훌쩍 뛰어넘고, 손들어 악수하재도 이젠 닿을 수 없는 꺽다리 친구 해바라기.

영화 〈인생은 아름다워〉를 보면 웨이터가 손님 앞에서 자세를 취할 때 해바라기가 해를 따라다니며 고개를 숙이듯 하라고 합니다. 그 모습이 참 아름답습니다. 살짝 고개 숙인 얼굴이 더 예쁩니다. 늘씬한 몸매를 뽐내도 얄밉지 않습니다. 줄지어 나란히 서서 오고 가는 모든 사람에게 인사합니다. 만나는 사람마다 나보다 먼저 인사하고 반겨 맞습니다. 달밤엔 담 너머로 고개를 쭈욱 빼고 아이들 방을 지켜주는 키다리 병정, 해바라기.

이 여름 다 지나가고 열매 튼실해지면 처마마다 해바라기 전시회를 열 계획입니다. 드라이플라워로 잘 말린 후 X자로 묶어서 집집마다 선물로 줘도 좋겠지요. 서리 맞은 해바라기 씨앗은 천식에 특효라는데 천식으로 고생하는 친구에게 보내주면 좋은 약이 되리라.

동네 어르신들이 지나가시면서 한 말씀 하십니다.

"고추를 한 줄 더 심지 해바라기는 무에 쓰려고 심어!"

고추 농사 다 망쳐놓고 해바라기 농사만 잘 지었다고 하시는 말씀입니다.

얼치기 농사꾼 그래도 하나는 건졌습니다. 해바라기는 일등품입니다. 철없는 새내기 농사꾼에게 해바라기는 '희망'입니다. 늘 해바라기처럼 웃을 수 있으면 좋겠습니다. 따라 웃다가 내 볼이 더 넓어져도 좋겠습니다.

어디든 갈 수 있는 흐르는 물처럼

한해 농사일이 너무 힘들었나, 몸이 무겁습니다. 농사에는 일요일이 없지만, 초보 농군에게 아직 남아 있는 일요일의 달콤한 늦잠 재미에 빠졌다가 아무래도 안 되겠다 싶어 자리를 박차고 일어났습니다. 볕살 다사로운 이 가을, 연일 남보다 늦은 가을걷이에 지쳤는지 몸이 잘 따라주지 않습니다. 여전히 혼자 할 수 없는 일들이 아직도 줄서서 기다립니다.

큰아들 녀석이 차려주는 아침을 후닥닥 먹고 아이들과 함께 밭으로 나갑니다. 오늘은 고구마를 캐야 합니다. 동네 분들은 벌써 서리가 두 번이나 내렸다고 걱정들 하십니다. 서리를 맞은 고구마는 저장성이 떨어진답니다.

잎사귀와 줄기가 푹 삶아진 게 어젯밤 된서리가 지나간 모양입니다. 줄기를 걷어내고 호미로 빨간 고구마를 땅 속에서 살살 캐냅니다. 옆으로 누운 놈도 있고, 콩나물처럼 줄을 서서 키재기 하는 놈도 있고, 어느

새 두더지의 맛있는 먹을거리가 되어 갉아먹힌 채로 커가는 놈도 있습니다. 흙 속에는 새로 난 대관령 터널만큼 긴 터널도 있습니다. 부실공사도 없이 가늘고 긴 터널을 잘도 뚫어놓았습니다.

남편과 아이들 해서 세 남자가 한 골에 들러붙어 호들갑입니다.

"심봤다!"

"아빠 고추만 하다!"

서로 자기가 캔 것이 더 크다고 자랑들입니다.

"앗! 쥐새끼다!"

셋이서 뒤로 벌러덩 넘어집니다. 놈을 발견했습니다. 새끼 두더지입니다. 책에서만 본 두더지를 보고 쥐랍니다. 쥐와 비슷하지만 꼬리가 짧고 아주 새까만 털이 나 있습니다. 쥐보다 조금 더 귀엽습니다.

아빠가 용감하게 잡으려 하자 아이들은 살려주라고 아빠를 떼밀어 냅니다. 아빠는 놈을 잡으려고 빠른 발놀림으로 긴장하고, 아이들은 앞도 안 보고 내달리는 땅속 두더지를 살려줘야 한다고 목소리를 높입니다. 그 모습을 보는 난 옆에서 깔깔깔 웃음이 자꾸 나옵니다. 하지만 아이들 손을 들어주었습니다.

우리가 힘들게 농사지은 고구마를 갉아먹은 두더지는 얄밉지만, 우리 아이들에게 용감히 자신의 얼굴을 보여주고, 아주 정교한 터널을 만들어서 솜씨 좋은 땅속 건축가의 모습을 보여준 두더지가 고맙기도 합니다. 아이들 덕분에 살아남은 새끼 두더지는 또 다른 건축을 시작하겠지요.

열심히 고구마를 캐던 아이들은 어느새 싫증이 났는지 손수레에 앉아서 장난을 치고, 오랜만에 밭으로 나들이 간 우리 집 강아지들도 좋아서 어쩔 줄 모르고 함께 어울려 뛰어다닙니다.

시골로 내려올 때는 아이들에게 도회지에서 할 수 없는 소중한 경험들을 많이 하게 해주고 싶었습니다. 씨앗을 같이 심고, 물을 주고, 풀을 뽑고, 열매를 따보는 즐거움을 느끼게 해주고 싶었습니다. 아이들에게 인위적인 억지 노작 수업보다는 저절로 자연과 친해지도록 해주고 싶었습니다.

시나브로 아이들은 낙엽 들듯 자연과 함께 물들어갑니다. 배추벌레를 손등에 태우고 빨리 나비가 되라고 기도하는 아이가 예쁩니다. 돌틈 사이에 숨어 있는 가재를 잡아오는 형에게, 가재의 엄마 아빠에게 돌려보내라고 떼쓰는 동생의 여린 마음이 깨물어주고 싶습니다. 산에서 도토리를 다 주우면 다람쥐는 밥이 없어 어떻게 사느냐고 걱정하는 아이가 정겹기만 합니다.

아이들 몸속에는 얼마나 많은 잠재능력이 숨어 있는지 궁금하기만 합니다. 아이들 몸속에 있는 소중한 능력들을 하나씩 꺼낼 수만 있다면 얼마나 좋을까요? 어떤 아이는 동물을 사랑하고 아끼는 따뜻한 마음이 있을 것이고, 어떤 아이는 두더지처럼 집짓기를 잘하는 능력이 있을 것이고, 또 어떤 아이는 바느질을 잘하는 솜씨도 있을 것입니다.

세월이 흐르면 무한한 자연을 닮은 자신의 고유한 능력을 발견하고 자신만의 그릇을 만들어가겠지요.

큰아이가 잡아온 가재를 살려주러 도랑으로 가서 생각했습니다. 며칠 동안 가재가 담겨 있던 우리 집 욕실 바가지의 부연 물은 더 이상 가재가 먹고 숨쉴 수 없다는 것을.

아이들을 어떤 그릇에 담겠다는 어른들의 지나친 욕심이 과외 열풍으로 몸살을 앓게 하고 아이들을 숨 가쁘게 만들지나 않는지. 고여 있지 않은 물은 어디에든 갈 수 있습니다. 흐르는 물처럼.

고추를 말리며

비가 쏟아집니다. 새벽에 빗소리에 깨 비설거지를 하다가 잠을 설쳤는데, 하루 종일 비가 내립니다. 정말 하늘이 구멍이 났나? 들이붓습니다. 예사로운 비가 아닙니다.

여름 장마가 아직 미련을 못 떨고 가는 걸까요? 정말 너무합니다. 작물들 다 녹여버려 놓고선 염치도 좋지. 일주일에 한두 번 햇살 보여주고 고만입니다.

요즘처럼 햇살을 그리워해본 적이 없습니다. 남편은 그리운 옛 애인처럼 햇살이 그립다고 표현합니다. 가슴 저 밑바닥에 침전돼 있는 옛 애인을 떠올리며 애간장을 다 녹일 만큼 간절하게 햇살을 기다립니다.

여름이 간다는 얘기도 없이 슬그머니 사라졌고, 들판에 고추밭마다 누렇게 서리가 내립니다. 너무 잦은 비로 고추는 역병에 시달리다 젊은 청춘에 삭정이가 되었고, 어렵게 살아남은 고추는 탄저병에 걸려 뽀얗게 솜방망이가 되고, 얼마 안 있어 시커멓게 말라갈 것입니다.

세 번째 고추를 딸 때는 남편과 둘이서만 일을 했습니다. 언제나 우리 고추밭 일을 기다리고 있는 출장 농부인 언니들에게 미안해서 차마 전화를 못 합니다.

고등학교 담임선생님 사모님께서도 언제든 내려갈 테니 전화만 하라 하셨습니다. 그러고보니 너무도 많은 사람들이 우리 농장에 파견되었습니다. 고추 심을 때부터 멀리 대구에서 남편의 친구와 서울 사는 언니들이 내려와서 도왔고, 말뚝을 박아주겠다고 일산 사는 고향 친구가 달려와주었고, 고추 줄을 매준다고 피부과 선생님께서 가족동반해서 우리 점심까지 준비해 오셔서 도와주셨습니다. 이외에도 풀을 베어주고 가신 아주버님과 친구분들, 남편의 귀농학교 동기, 앉으나 서나 걱정인 친정 식구들까지…….

비가 오면 안부전화가 넘쳐나고, 우리를 걱정하는 지인들이 있어 얼마나 위안이 되는지 모릅니다.

세 번째 고추를 따던 날도 오늘처럼 비가 많이 내렸습니다. 시기를 놓쳐버리면 멀쩡하던 고추들이 다 쏟아져버립니다. 남의 고추 건조기를 빌려 써야 하는 번거로움 때문에 비가 내려도 계속 고추를 따야만 했습니다. 미안했던지 남편은 계속 노래를 부릅니다. 신청곡까지 받아가며 기쁨조가 되겠다고 다짐한 모양입니다.

그 미안함 덜어보려고 비 한번 실컷 맞아보자고 내가 제안합니다. 우비를 입고 시작했는데도 점점 굵어지는 빗속에서 옷이 다 젖습니다. 빗속 장면을 오늘 꼭 촬영해야 하는 영화배우처럼 일을 했습니다.

빗속에서 잠깐 옛날 소녀가 스쳐갑니다. 새까만 교복에 빳빳하게 다려 입은 하얀 칼라와 굽 낮은 학생화에 단정하게 접어올린 하얀 양말이 유난히 예쁘던 소녀. 집까지 걷는 신작로에서 양말 위로, 종아리 위로 황토 흙물이 톰방톰방 튀어 흐릅니다. 소녀는 계속 빗속을 걷습니다.

중학생 시절 사춘기 때로 기억합니다. 단발머리 소녀는 고민이 있을 때마다 무조건 걸었습니다. 지금도 그때 버릇이 남았는지 뭔가 매듭이 풀리지 않을 때는 무조건 걷습니다.

사물이 거의 안 보일 때까지 고추를 따고 고추 부대를 차에 싣고는 바들바들 떨었습니다. 추운 줄도 모르고 그 넓은 밭의 고추를 다 땄는데 한꺼번에 추위가 몰려왔습니다. 손이 오그라드는 것처럼 쥐가 납니다. 젖은 장갑을 억지로 벗으니 쪼글쪼글한 손가락이 하얗게 웃습니다. 이토록 정신을 모아 일해본 적이 있었던가?

없었습니다. 얼마나 많이 기도하고, 얼마나 많이 싸우고, 얼마나 많이 울었던가요?

금쪽같은 고추를 하나도 버릴 수 없어 꼭지를 따고 히나리진 것들을 가위로 다듬어서 물행주로 닦는 일을 합니다. 건조기에서 영양소가 파괴되지 않을 적당한 온도에 반건조한 고추는 집 앞의 도로에서 비닐멍석을 깔고 며칠을 더 말립니다.

동네 어르신들께서 한마디씩 거들어주십니다. 첫 농사 잘 지었다고 칭찬해주시고, 이렇게 깨끗한 고춧가루 먹는 서울 사람들 좋겠다고 용기를 주십니다.

마지막 방앗간에서 결 고운 고춧가루로 쏟아져 나와서 방앗간에 모인 할머니들이 양근(태양에 말린 것)이냐고 물으실 때 정말 기분이 좋습니다.

어쨌거나 우리 곁을 떠나기 전까지 사랑 넘치게 받고, 이제 우리와 특별한 인연이 된 소비자들의 밥상에서 더욱 사랑받게 될 행복한 고추입니다.

병아리 눈물만큼 감질나는 햇살입니다. 따가운 햇살이 있어야 벼이삭도 나오고, 다 녹아버린 김장배추 모종도 다시 할 텐데 걱정입니다.

그리운 고향집 마당에서 고추를 말리는 어머니처럼 그런 평화로운 그림을 그려보고 싶습니다. 내일은 못 잊을 옛 애인처럼 반가운 햇살이 내리기를 기도합니다.

하하하 깨가 쏟아진다

깨가 쏟아집니다. 탱탱하게 살찐 참깨알이 우수수 쏟아집니다. 저 푸른 가지 속에 깨알이 제대로 영글었을지 의심스러웠습니다. 버스 안에서 어느 할머니께 주워들은 풍월을 그대로 읊었습니다.

참깨는 밑에서 두세 알 입이 터지면 베어야 맨 위까지 살이 여문다고 했습니다. 깨를 베기엔 아직 이른 시기인데 달리는 시골 버스 안에서는 참깨 농사로 재미 본 이야기가 떠들썩합니다.

할머니께서는 농사를 지으실 때 한 해 농사로 참깨를 아홉 가마나 해서 돈을 많이 했다고 자랑입니다. 그때는 참 재미 좋았다고 몇 번이나 말씀하십니다.

그 재미나는 참깨를 오늘 털었습니다. 참깨 한 알도 아까워서 야외용 자리를 갖고 다니면서 낫으로 하나씩 하나씩 조심스럽게 베었습니다. 묶음을 만들어 세 갈래로 삼발이를 만들어 세워두었습니다.

하하하 깨가 쏟아집니다. 뽀얀 깨알이 우수수 쏟아지는데 너무 신기

해서 입을 벌려 깨알을 들여다보았습니다. 그 작은 공간에 고층아파트처럼 깨알이 줄지어 있습니다. 전자칩을 옮기는 로봇이 이렇게 정교하게 할 수 있을까요?

놀랍습니다. 한치의 오차도 없습니다. 하우스 안에서 깨를 터는데 땀이 뚝뚝 떨어집니다. 심지어 땀이 눈으로 들어가서 앞이 안 보이는데도 재미가 있습니다. 남편은 우리에겐 더 이상 깨가 필요 없다고 넉살을 떱니다.

사실 참깨는 덤으로 얻은 수확입니다. 관리기 다루는 기술이 서툴러서 골과 골 사이가 넓어지자, 우리 농장 방문객마다 웃으면서 콩을 심어보라고 했습니다. 고추를 심고도 손수레가 다닐 수 있을 만큼 넓게 헛골이 만들어졌습니다. 사람들은 그 골을 보고 웃었지만, 기계를 처음 만지는 남편이 너무나 장해서, 엄지손가락을 내밀며 몇 번이나 "짱!"을 외치며 만든 골이었습니다. 기계소리가 시끄러워서 멋있다고 소리를 질러도 하나도 못 알아듣고 계속 전진만 했습니다.

처음 그 넓은 골에 귀농 선배님께 얻은 콩을 심었는데 콩은 몇 포기밖에 살아남지 못했습니다. 모두 다 새들에게 양보할 수밖에 없었습니다. 그리고 동네 할아버지께 얻은 참깨를 심었는데 그것마저 거의 다 새들의 먹이를 보태는 일이었습니다. 세 번이나 땜빵을 해서 얻어낸 귀한 참깨알입니다. 일찍 수확해서 베어놓은 다른 분들은 장마에 거의 다 썩어버렸다고 합니다. 우리는 다른 사람들보다 한 달이나 늦게 참깨를 수확할 수 있었습니다.

그런데 문제는 참깨 반 검불 반입니다. 먼저 성긴 체로 작은 참깨알을 분리하고, 같이 따라온 먼지들과 검불은 키질을 해서 분리해야 합니다. 체로 고르는 일은 쉬웠는데 키질은 해본 적이 없어 깨알과 먼지가 잘 분리되지 않습니다. 어떤 사람들은 선풍기를 이용해서 분리하기도 합니다. 깨끗하게는 분리되지는 않았지만 뽀얀 깨알이 얼마나 예쁜지 모릅니다.

원래는 곡식을 분리하는 용도로 쓰던 키가 요즘에는 옛날 풍습으로 오줌싸개 소금 받아 올 때 머리에 쓰고 가는 장식품이 되었습니다. 민속촌에나 걸려 있을 소품이 우리 집에서는 요긴한 농기구로 쓰입니다.

하하하 깨가 쏟아집니다.

물봉선 피어나는 이 가을에

비가 옵니다. 조롱조롱 비가 내리면 담벼락으로 개미들이 줄지어 소풍을 갑니다. 엄마개미 아빠개미 앞장을 서고, 언니개미 오빠개미 룰루랄라 춤추며 따라갑니다.

토닥토닥 비가 내리면 옆집 사는 청개구리 우리 집에 놀러 옵니다. 천장에 사는 거미들도 슬금슬금 얼굴을 내밀고 내려옵니다. 거미가 오면 손님이 온다더니 아마도 우리 집에 반가운 손님이 오려나 봅니다.

투닥투닥 비가 내리면 앞마당의 항아리들이 제일 좋아합니다. 반짝반짝 목욕하고 단장하면 담장에 앉은 조롱박이 긴 손 뻗어 친구하자 합니다. 양철지붕 위에 떨어지는 비는 안단테입니다.

"타닥타닥 두두둑 두두둑 톡톡……."

부르릉 부르릉 우체부 아저씨 오토바이 소리는 반가운 소식입니다. 노란 비옷 입고 소포를 건네주시는 아저씨는 이 세상 누구보다 반가운 손님입니다.

우체부 아저씨가 전해준 선물은 그리운 친구들 사진입니다. 동창회 사진을 생생히 담아서 멀리 이곳까지 소포로 보내준 친구가 또 반가운 손님입니다. 아름다운 사람들이 곁에 있어 늘 행복합니다.

오늘 내리는 비는 행운을 가져다주는 사랑의 메신저입니다. 뿌연 유리창은 가슴을 답답하게 합니다. 오늘처럼 단비가 내리는 날이면 유리창을 닦습니다. 불투명한 유리처럼 마음 어딘가에 지워지지 않는 응어리들이 웅얼댑니다.

뽀드득 뽀드득 유리창을 닦다가, 유리가 없어진 그 옛날의 교과서에 실린 시처럼, 빡빡 유리창을 닦습니다. 먼저 마음의 때를 벗겨내고 맑아진 창 너머로 불어오는 바람을 맞이합니다. 기분이 좋아집니다. 세상도 훨씬 더 넓어 보입니다.

새벽잠을 설치게 한 단비가 너무 아름답습니다. 며칠 전 뿌려놓은 씨앗들이 세상 밖으로 나오겠군요. 우산 받고 가봐야겠습니다. 환영인사를 해주어야겠어요.

어느 님이 중국에 다녀오면서 사다주신 무이암차를 다려냈습니다. 향기를 맡고, 색을 음미하고, 혀끝에 닿는 느낌은 황홀합니다.

빗방울들이 유리창에 걸려 있습니다. 안개처럼 빗방울들이 휘날립니다. 수구에 담긴 빛깔 좋은 차처럼 고요해집니다.

나무들의 옷 갈아입기가 시작되었습니다. 있는 힘을 다해 푸르름을 자랑하려 하지만 쉽지 않은 모양입니다. 그 뒤에 어느새 노오란 색깔들이 숨어 있습니다. 단풍입니다.

그 나무 밑으로 보랏빛 물봉선이 아름답습니다. 여름의 끝자락에 한 무리로 피어나는 물봉선. 산자락에도 피어나고 고라실 언덕 밑에도 피어나고.

이곳에 내려온 이후로 물봉선 사랑에 푹 빠졌습니다. 물주머니를 닮아서 물봉선인가요? 가을에 피어나는 꽃은 여름의 꽃보다 색이 강렬합니다. 보랏빛보다 더 진한 자줏빛 물봉선. 유행가 가사처럼 만지면 터질 것 같은 여린 꽃 물봉선, 여름에 장독대에 피어나는 봉선화랑 사촌인가요?

잎과 줄기는 봉선화인데 꽃은 나비처럼 가냘파서 차마 건드릴 수가 없습니다. 고귀한 그 자태는 시집가는 누이처럼 애처로워 그리움이 벌써 눈시울을 멍멍하게 합니다.

물봉선 피어나는 이 가을에 사랑을 전하고 싶습니다. 오늘은 물봉선보다 더 가슴 떨리는, 사랑한다는 편지를 꼭 쓰고 싶습니다.

무야 잘 자라줘, 우리 돈 좀 하게

처마 밑에 자리를 펴고 앉아 온종일 고추를 다듬습니다. 고추 꼭지를 따고 좋은 것과 나쁜 것을 구분하고, 면장갑으로 고추를 닦아내면서 다짐합니다. 내년엔 절대로 이렇게 일 많은 고추 농사는 하지 않는다고.

비는 속절없이 계속 내립니다. 고추가 다 물러 빠지든, 따놓은 고추가 뽀얗게 곰팡이가 나든 상관하지 않습니다.

저수지에 톰방톰방 떨어지는 빗방울이 이제 하나도 낭만적이지 않습니다. 통통하게 영근 풀씨들이 떨어져서 내년엔 얼마나 우리와 싸울까 하는 생각만 듭니다. 아니 전투태세입니다. 네가 이기나, 내가 이기나 한번 해보자고 덤벼봅니다.

씨 뿌린 조는 다 어디가고, 강아지풀이 조 모가지처럼 고개를 숙이고 있습니다. 고추 먹으라고 준 거름을 얄미운 강아지풀이 다 먹어치우고, 영양 과다로 열매가 얼마나 통통한지 고개를 들지도 못합니다. 고추 농사 잘해서 덜덜거리는 트럭을 바꿔보려고 했습니다. 야무진 꿈은 날아간 지 오래고, 이제 공업용 재봉틀을 하나 들여놓을 생각입니다. 그 많은 땀방울과 바꾸게 될 내 소중한 친구 재봉틀을 기다립니다.

예쁜 옷들을 만들어야지. 비가 너무 많이 내려도 상관없고, 거름이 번지수를 잘못 찾아갈 일도 없는 옷 만들기를 해야지 결심합니다.

농작물은 주인의 발소릴 듣고 자란다기에 참 열심히 했는데, 걸음마다 나무들의 정령들에게 기도했는데, 몇 번이나 하늘이 노래지고 어지러워서 산의 나무들과 파란 하늘을 의지하고 함께 빙빙 돌았는데, 가물가물 사물이 흐려지던 어지럼증이 오늘도 나를 한 바퀴 휘두릅니다.

처음으로 고춧가루를 빻아오던 날 축하파티 하자며 외식을 했는데, 도둑맞을지 모른다고 창고 안에 넣어두고 자물쇠 꼭꼭 채워놓고 나가면서 우리는 아이들 몰래 웃었습니다.

지난주에 심은 무씨가 새파랗게 올라왔습니다. 씨앗을 묻고 고운 흙으로 덮으면서 아들놈은 나와 다른 기도를 했습니다.

"무야 잘 자라줘, 우리도 돈 좀 하게."

뒤집어지게 웃었지만 아들놈의 기도가 꼭 이루어지길 속으로 빌었습니다.

녀석을 가졌을 때 남의 밭에 심어진 무를 하나만 뽑아달라고 떼를 썼는데, 남편은 끝내 그 밭에 들어가지 못했습니다. 잎사귀 밑으로 연둣빛 무가 얼마나 군침이 돌던지 딱 하나만 먹으면 소원이 없을 것 같았습니다. 그렇게 뱃속에서부터 무를 먹고 싶어 하던 녀석은 벌써 엄마 아빠와 함께 무를 심습니다. 넙죽넙죽 너스레를 떨면서.

더 많이 나눌 수 있기를

단풍잎이 빨간 다섯 손가락을 쫙 펴고 우릴 부릅니다. 연두색으로 태어나 진초록으로 한여름을 나더니 이젠 보기만 해도 물들 것 같은 빨강으로 옷을 갈아입었습니다. 약속이나 한 것처럼 은행잎은 노랑으로 단풍잎은 빨강으로 물들어 거리마다 온통 축제입니다.

우리 밭으로 가는 길에는 절에서 농사짓는 대평원 같은 밭이 있습니다. 주변은 대부분 복숭아밭이거나 사과밭이지만 이 밭은 봄 내내 비워두고 풀을 키우더니 여름에야 땅을 갈아엎었습니다. 세 번이나 로터리를 쳐도 너무 웃자란 풀 때문에 밭이 엉망이더니 콩을 심고 싹이 나오자마자 제초제를 뿌려댑니다. 분명 스님들이 메주를 쑤려고 콩을 심었을 텐데 풀한테 졌나 봅니다. 벌써 그 밭의 콩이 자라서 악어처럼 입을 쫙 벌렸는데도 주인은 나타나지 않습니다. 다닥다닥 여물진 않았지만 그 넓은 밭에서 수확량이 꽤 될 텐데 지나가는 사람들의 마음을 졸이게 합니다.

땅이 작은 우린 어디 한 곳 씨 뿌릴 데가 없어 하우스 고추 헛골에 강낭콩을 심어 어렵게 가꾼 애환이 있기에 더욱 그렇습니다. 풀을 뽑을 때에도 넝쿨이 길어진 강낭콩 때문에 애를 먹고, 고추에 망을 쳐줄 때에도 자꾸만 콩을 밟아서 안타까웠는데 주인의 마음을 아는지 강낭콩이 주렁주렁 열렸습니다.

옆집 할머니한테서 조금 얻어 심은 강낭콩은 이모작입니다. 봄에도 심어서 통통한 강낭콩 밥을 해 먹었는데, 여름에 심은 강낭콩이 더 맛있다더니 정말 밤 맛입니다. 적당히 익었을 때 껍질을 벗겨 투명한 통에 넣어 냉동실에 두었다가 밥할 때마다 한 줌씩 넣어 먹는데 이 맛은 아무도 모를 것입니다.

누구나 봄 농사는 지을 수 있다고 합니다. 그러나 여름 농사는 긴긴 장마를 이겨내고 씨를 뿌려 가을에 거두므로 아무나 할 수 없습니다. 여름 농사는 가을무, 배추가 으뜸입니다. 우거진 풀을 뽑아내고 흙을 골라 포트에 키운 싹을 옮겨 심습니다. 이때 꼭 지켜야 할 것이 있습니다. 배추는 포트에 싹을 틔워야 포기가 실한데 무는 포트에 싹을 내면 잔뿌리가 생겨 '인삼무'가 됩니다. 작년에 총각무를 인삼무로 만들어놓고 난감해하던 경험이 아직도 아찔합니다.

'오뉴월 하루 햇살이 어디냐'는 옛말을 배추를 키우면서 절실하게 실감합니다. 팔월 보름이 지나면 하루해는 반 토막으로 줄어드는 것 같습니다. 아침저녁으로 쌀쌀해지고 도망가는 저녁 햇살을 붙잡고 싶어집니다.

하우스를 짓고 자투리땅에 고구마를 심었는데 참 잘 되었습니다. 고 춧가루를 보내면서 맛이나 보라고 몇 개씩 넣었더니 우리 집 고구마 인기가 주작물인 고추를 넘보려 합니다. 올해는 작년보다 피해가 덜합니다. 고구마 골 사이로 두더지굴이 보이긴 했는데 고구마를 갉아먹진 않았습니다. 고구마 헛골 사이에서 자란 수수는 모가지가 무겁게 매달렸습니다. 여름에 태풍이 지나갈 때 휘청휘청 하면서도 넘어지지 않고 몸을 곧추세우며 잘 자라준 수수들이 고맙습니다.

어쩌면 전통 농법인 사이짓기를 실천해본 뛰어난 결과물입니다. 귀퉁이에서는 항상 상추가 자라서 오가는 손님들에게 늘 선물할 수 있도록 주인의 마음을 전해주었고, 여름에 감자를 캐내고 심은 무밭에는 침이 꼴까닥 넘어가게 생긴 초록 윗통을 드러낸 무가 실하게 자라고 있습니다.

몸에 좋다고 남편이 심은 붉은 팥들이 어느 날 항아리에 예쁜 낟알로 '선물'이라고 쓰인 메모와 함께 싱크대에 놓였는데 감동 한아름입니다. 다른 작물과 달리 콩 종류는 심고 가꾸기보다 갈무리가 더 어렵습니다. 꼬투리를 하나하나 손으로 까거나 도리깨로 두들기고 키질을 하여 콩깍지와 검부러기를 다 골라내야 하는, 서투르고 어려운 작업을 거쳐야 우리가 먹을 수 있는 알곡이 됩니다.

창고로 지은 비닐집 안에서 일년 내내 손님 접대용 토마토가 익어갑니다. 이른 봄에 방울토마토와 찰토마토를 몇 포기 심었는데 아직도 누구든 농장에 들르면 굵은 토마토 뚝 따서 쓱쓱 닦아 건네면 토마토가 이렇게 맛있는 과일이냐며 모두 감탄합니다.

맛있는 토마토를 재배하는 비결은 좋은 햇살과 적당한 물입니다. 비가림 하우스 안이라 장맛비를 몽땅 맞을 일도 없고 무엇보다 하루 종일 내리쬐는 햇살에 살이 통통 오른 토마토니 어찌 맛이 없겠습니까? 지금도 토마토 주스를 먹을 수 있다니……. 작년에 많은 곡식을 우리 창고에 저장하는 대신 들짐승들에게 나누어주었더니 올해는 더 많은 곡식들이 우리 창고에 쌓입니다. 세상에 공짜는 없나 봅니다.

이번 주말엔 올 한 해 농사에 도움주신 분들을 모시고 소박한 추수감사제를 지내려 합니다. 우리 밭에서 거둔 모든 곡식들 맛보여드리고 내년에도 많은 기도를 부탁하려 합니다. 마지막 갈무리 잘 해서 내년엔 자연의 이치를 더 마음 깊이 새기고 알찬 수확으로 더 많은 사람들과 나눌 수 있기를…….

생밤 까주는 남자

얼마만인가요? 이 빗소리를 그동안 애타게 기다린 사람이 또 얼마나 많은가요?

커튼을 내려놓은 듯 뿌옇게 안개가 유리창을 덮어버렸습니다. 왜 뿌연 유리창만 보면 장난기가 발동하는 것일까요? 사랑하는 사람의 이름을 써보고도 싶고, 요즘 유행하는 엽기토끼의 익살스럽게 감은 눈을 그려보고도 싶습니다.

어제 아침에 내려 마신 블루마운틴 커피향이 아직도 혀끝에 남아 있는 듯해 포트에 물을 올렸습니다. 투명 유리 속에서 보글보글 방울을 만들며 끓고 있는 물을 바라보며 다시 커피를 넣을까 하다가 어제 내린 커피가 남아 있는 필터를 보라색 붓꽃이 그려진 잔 위에 올렸습니다.

어제 아침에 꽃병만 한 커피잔에 하나 가득 내린 커피 들고 베란다에 앉았더니 늦게까지 영화 보고 새벽에 들어와 잠들어 아침도 거른 남편이 부스스 일어나 같이 하자고 끼어들었습니다. 한 잔을 번갈아 나누어 마시고도 적지 않은 느낌이었습니다.

오늘 아침에는 연하게 마셔도 향이 오래갈 것 같습니다. 오랫동안 기다린 비가 내려주었고 잔잔한 음악이 내리는 비처럼 간지럽게 흘러 다닙니다.

며칠 전 옆집 새댁이 우리 집에 왔습니다. 감자를 나누어서 한 바구니나 가지고 놀러 왔기에 차를 한 잔 나누어 마셨습니다. 차를 마시던 새댁이 코를 킁킁거리며 이게 무슨 냄새냐고 물었습니다. 그때까지 한 시간 넘게 자리에 누워 책을 보면서 별다른 냄새를 느끼지 못한 나도 새댁을 따라 킁킁거렸습니다. 새댁은 "허브향이에요?" 하고 허브에 코를 갖다대더니 "이건 아닌데……." 하고 계속 냄새를 찾았습니다.

아아!

"이 냄새 밤꽃 향기야. 향기 좋지?" 했더니 새댁은 처음 맡는 향기라고 합니다.

우리 집 뒷동산에 요즘 밤꽃이 하얗게 피었습니다. 기억나지 않지만 사춘기 때 읽은 소설에서 밤꽃 향기는 남자의 정액 향기와 같다고 했습니다. 그때는 알 수도 없었고 짐작도 할 수 없었지만 작가들은 좋은 향기로 표현하지 않았습니다.

나는 오늘 밤꽃 향기의 누명을 벗겨주려고 합니다. 우리 집 창 너머에서 퍼져 오는 밤꽃 향기는 너무나 향기롭습니다. 초여름의 간지러운 바람을 타고 흘러드는 그 향기는 전혀 그 냄새와 비교할 수 없습니다.

밤에는 개구리 소리와 같이 들어와서 놀다 가고, 달빛을 이고 있는 하얀 감자꽃 향기와 함께 찾아오는 밤꽃 향기는 얼마나 신선한가요. 푸른 숲 속에서 하나씩 하나씩 자신의 존재를 상아색 꽃으로, 진한 향기로 드러냅니다.

아카시아 향기가 우리를 밖으로 불러내었고, 곧이어 찔레꽃 향기가 우리를 유혹하더니, 이번에는 밤꽃 향기가 옛 추억을 들추어냅니다. 누가 뭐래도 밤꽃 향기는 그 향기와는 다르며 가을에 그 밤나무 밑을 서성일 생각을 하면 지금부터 설렙니다. 토실토실하게 살찐 윤기 나는 알밤을 주워서 깊은 가을밤 도란도란 이야기할 생각으로 즐겁습니다.

생밤 까주는 남자는 얼마나 아름다운가요. 나는 책 읽어주는 남자만큼 생밤 까주는 남자를 좋아합니다. 비 내린 새벽에 가면 토실토실한 알밤을 앞자락에 하나 가득 주워 올 수 있을 거예요. 생밤 먹고 싶은 사람 가을에 우리 집에 놀러 오세요.

대목 장날 코끝이 찡

추석 밑에 대목 장입니다. 빈자리 하나 없이 대목 장을 보러 온 상인들과, 직접 농사지어 경운기 가득 싣고 나온 농부들과, 조상님들께 차례상 올리려고 준비하러 온 사람들로 시장 안은 모처럼 북적댑니다.

오고 가는 사람들마다 반갑게 인사하고, 손잡고 그동안의 안부를 묻는 모습이 시골 장터에서 놓칠 수 없는 보기 좋은 광경입니다. 작년에 비해 물가가 두 배나 올랐지만 비가 너무 많이 와서 농사짓기 힘들었으니 이렇게 나온 것만도 다행이라고 서로 위로합니다.

직접 배추를 농사지어 팔러 나온 아주머니는 배추에 검은 점이 생겨서 미안하다며 두 포기나 덤으로 얹어줍니다. 그 비를 맞고서도 잘 견디고 살아준 배추가 얼마나 고마울까요? 점이 있으면 어떻고 속이 좀 차지 않으면 어떠한가요? 매일 밤 내리는 비를 속절없이 바라보았을 농부의 마음을 생각하니 코끝이 찡해옵니다.

농사를 시작하고부터 시장에 가면 늘 귀퉁이에 자리를 펴고 있는 분에게 물건을 사게 됩니다. 직접 농사지은 작물을 어설프게 진열해놓고, 조금이라도 더 말끔하게 다듬어서 내려는 투박한 손을 보면 애초에 사려던 것보다 더 많이 사게 됩니다. 대형마트나 슈퍼마켓에 가면 한 묶음으로 단정하게 포장이 돼 있어 덤을 달라고 할 수도 없고, 조금만 사고 싶어도 적당한 양으로 포장이 안 돼 망설여질 때가 많습니다. 하지만 시장에서는 가격보다 더 넉넉하게 담아주는 덤이 있어 보너스를 받는 기분입니다.

예전에 나와 함께 글쓰기를 공부한 학생이 있는데, 그 친구는 학교 앞 문구점 때문에 걱정이라며 이런 이야기를 했습니다. 학교 앞에 문구점이 세 개 있는데 정문 쪽에 있는 문구점이나 후문 바로 앞에 있는 문구점은 늘 아이들이 많은데, 정문과 후문 중간에 있는 문구점에는 파리가 날린다고 걱정을 했습니다. 그 문구점의 주인 아주머니는 어린 아기를 업고 장사를 했는데, 학생들이 그곳을 자주 이용하지 않아서 곧 문을 닫게 될 거라고 했습니다. 그래서 자기 친구들에게 그 문구점을 이용하자고 몇 번이나 얘기했는데도 잘 안 돼서 걱정이라고 했습니다.

나는 그 아이의 얘기를 들으면서 이 아이는 더 이상 글쓰기 공부를 하지 않아도 되겠다고 생각했습니다. 그 아이의 고운 마음이 전달되어 기도를 꼭 들어주실 거라고 위로해주었습니다.

남의 마음을 헤아릴 줄 아는 따뜻한 시선을 가진 그 작은 천사에게 편지를 썼습니다. 영원히 친구가 되었으면 좋겠다고.

오늘 배추를 팔러 나온 아주머니 덕분에 맛있는 배추도 사고 자기를 잊지 말라고 꼭꼭 약속하던 예쁜 제자도 생각이 나서 정말 좋습니다.

한 바구니에 삼천 원, 한 바구니에 오천 원, 수레 위에 작은 바구니 큰 바구니 가득가득 채워놓고 손님을 기다리는 시골 장터 아주머니, 아저씨들.

동태포 뜨는 아저씨는 비가 오는데도 노래를 부르며 흥을 돋웁니다.

"포 떠유, 포 떠가세유."

작은 우산으로 비를 가린 할머니가 호박잎을 내밉니다.

"새댁, 싸게 주께 가져가유."

울타리 가득 호박잎이 늘어졌지만 할머니가 빨리 집에 돌아갈 수 있도록 한 무더기를 덜어줍니다.

여름이 언제 갔는지도 모르겠는데 난전의 옷가게에는 가을 옷들이 손님을 기다리고 있습니다. 예전처럼 추석빔을 사겠나 하는 생각이 들었는데 옷전마다 사람들로 붐빕니다. 아이들 옷을 사러 나온 어르신들의 넉넉한 마음 덕분에 옷을 파는 아주머니 얼굴에는 함박웃음입니다.

어릴 적 명절이 다가오면 나는 옷을 꼭 사고야 말았습니다. 엄마를 졸라서 내가 미리 봐놓은 예쁜 옷을 사주지 않으면 떼를 쓰고 울었습니다. 지금 생각해보면 머리에 하얗게 서리가 내린 엄마에게 너무 죄송한 마음이 듭니다. 가난한 살림에 사주고 싶은 마음이야 엄마가 더 간절했을 텐데 그 속도 모르고 떼를 써서 얻어내고야 마는 철없는 막내딸을 기억하고 계실까요? 내가 잘살기만을 기도하고 계시는 울 엄마는 그 옛날 고집불통 막내딸은 다 잊어버리셨을 텐데……

생전 안 해본 농사일 하느라 고생한다며 전화기 붙잡고 우시는 울 엄마는 내게 무얼 달라고 하실까요? 부디 마음 상하지 말고 건강하게 사시기를 가슴속 깊이 기도합니다.

오랜만에 북적대는 대목 장을 구경하다가 친정어머니 생각에 가슴이 먹먹해집니다. 장날 가마솥에 펄펄 끓는 순댓국 한번 사드시지 못한 어머니는 오로지 자식들에게 주는 것만 알았습니다. 그 어떤 것도 당신 입에는 다음번이었습니다. 이번 추석에는 그리운 고향에도 가고 싶고, 아버지 산소에도 가고 싶고, 친정 식구들과 조카들도 보고 싶습니다.

가야겠습니다. 요즘 힘들어하는 작은오빠도 보고 예쁜 조카들에게 옷 한 벌씩 사가지고 가야겠습니다. 힘들어도 힘들다 하지 않는 새언니에게 고맙다는 인사 하러 가야겠습니다.

서당 가는 길

회색 멜빵바지에 화려한 꽃무늬 쫄티를 입고, 카디건을 걸쳐 입고 천천히 걸었습니다. 헐렁한 바지 윗주머니에 한 손을 찌르고, 한 손엔 빨간색 우산을 받쳐 들고, 마른 흙 위에 퍽퍽 떨어지는 빗방울을 세며 걸었습니다.

웅산서당 노자대학 석봉학과.

요즘 세상에 서당이 어디 있느냐고 반문하겠지만, 요즘 내가 살아가는 재미 중의 하나가 서당에 가는 일입니다.

생활 한복을 입고 하얀 머리칼을 염색도 안 하신 젊은 훈장님께선 언제나 넉넉함과 부드러움이 몸에서 묻어납니다. 자연을 닮은 분입니다. 그분과 오랫동안 친하고 싶습니다. 삶의 지혜와 지식을 나누어주시고, 시골이 고향이라서 자주 그분의 고향으로 여행을 다녀옵니다.

서당까지는 빨리 걸으면 20분 정도면 가는 길이지만 50분쯤 전에 집에서 나갑니다. 가는 길에 정다운 친구들을 만나 눈인사하면서 가다보면 그 시간도 모자랍니다.

　전봇대 지지대를 타고 올라가 피어나는 나팔꽃이 환하게 웃어주고, 옆에 선 옥수수를 기둥삼아 올라가는 콩줄기에선 보랏빛 콩꽃이 산속에 피어나는 물봉선 같습니다.

　그뿐인가요? 담장 너머로 고개를 내민 어느 집 능소화는 넉넉한 아주머니의 모습이 연상됩니다. 주홍빛 꽃을 피우기 위해 담장을 타고 오르고, 죽은 나무기둥을 타고 올라야만 세상과 만날 수 있는 능소화. 그녀의 힘겨운 세상 만나기는 화려함만큼이나 애잔하게 느껴집니다.

　　혼자서는 도저히 엄두도 못 내던 것을
　　대추나무 움켜쥐고 세상을 향해 까치발을 들었다.
　　눈물처럼 후드득 떨어지는 동백꽃처럼
　　그 꽃잎 세상의 언저리에 쏟아 부었다.
　　담 밑으로 카펫처럼 쏟아 부은 꽃잎들
　　지나던 바람이 입맞춤하면
　　길 가던 아낙네들 가슴에 그리움만 남기고
　　그 진한 주홍빛 꽃잎으로
　　저 밑바닥에 침전돼 있는 깊은 슬픔까지 토해내는가?
　　어쩌자고.

　그랬습니다. 너무 아름다워서 울안에는 심지 않았답니다. 여인네를 닮아서……. 혹 집안의 여인네가 바람이 날까 봐 먼발치에 두고 보던 꽃이랍니다. 차마 아니 볼 수는 없어서 저만치에서 애첩 보듯 했더랍니다. 담 넘어온 능소화를 보면 중년의 여인네처럼 가슴이 뛰는 건 왜일까요? 연두와 노랑 사이 차분한 노을빛처럼 천천히 아침 산책길을 걸으면 나도 노랑과 연두 사이처럼 잔잔해집니다.

아이처럼 팔짝팔짝 뛰어서 육교를 올라가고 개구리처럼 폴짝폴짝 뛰어서 계단을 내려갑니다. 숲 사이로 난 서당 길을 노자를 배우러 갑니다.

조급함을 떨쳐버리려고, 간절함을 내보이지 않으려고, 너그러움을 내 몸 안에 키워보려고 천천히 걷습니다. 때로는 등줄기가 흠뻑 젖도록 자전거로 달려봅니다. 성인들의 가르침을 배우고 참으로 아름다운 내년을 맞이하기 위하여…….

이 아침 헐렁해진 공복감은 머리를 맑게 해주고, 자유를 찾아 사색의 여행을 떠납니다. 뽀얀 맨얼굴로 하얀 웃음을 날려보냅니다.

노란 배춧속처럼 달콤하게 살아라

으스스 추워지니 바야흐로 김장철입니다. 한 해 농사 중에 큰 비중을 차지하고, 빼놓을 수 없는 게 김장입니다. 지난 장에 나가보니 새우젓이 몽땅 음성장으로 올라왔나 봅니다. 배추 장수보다 새우젓 장수가 더 많습니다. 젊은 아저씨들이 목이 터져라 손님을 불러 세웁니다.

"아줌니, 새우젓 김장 해야쥬. 많이 드릴게, 어서어서 오셔."

"강경서 올라온 펄떡펄떡 뛰는 놈 한번 잡숴보셔."

커다란 드럼통을 줄줄이 세워놓고 뽀얀 새우젓을 선보입니다. 지나가는 사람들 맛보기로 한 입씩 떠넣어주며 신나게 장사하는 모습이 시골 장 맛이 납니다. 채소전에는 쪽파랑 대파가 산더미처럼 쌓여 있고 배추와 무는 아예 큰 차에 실려 손님을 맞고 있습니다.

며칠 전 학교에서 돌아온 작은놈이 "엄마, 무가 배추만 해." 하고 호들갑을 떨더니 정말로 무가 배추만 합니다. 안으면 작은 아이만큼 무가 큽니다. 어쩌면 저리도 잘 키웠을까요?

장날, 아침나절인데도 모처럼 사람들이 왁자지껄합니다. 쌀쌀한 기운 덕인지 순댓국집에도 김이 펄펄 나고 구수한 선짓국 냄새가 사람들을 불러 모읍니다. 마늘전 앞에도 몇몇이서 흥정을 하고 있습니다. 그 옆에 있는 뻥튀기 장수 아저씨도 순댓국 한 그릇 잡술 시간이 없습니다.

이제 김장철에 딸래들 며느리들 내려오면 손주들 간식거리 마련하느라 쌀이며 옥수수며 가지고 나와서 튀밥을 튀기느라 깡통에 순서대로 줄지어 세워놓고 할머니들은 양지 끝에 앉아 기다리십니다. 장날마다 찾아오는 수많은 단골 할머니들 덕분인지 깡통은 반질반질 질이 잘 들어 있습니다. 그만큼 뻥튀기 장수 아저씨네 살림살이도 맨들맨들 잘 살았겠지 짐작이 갑니다.

시장 끝까지 구경하다가 한나절이 다 지나갔습니다. 이웃집 아줌마와 함께 장에 나온 김에 우리도 순댓국집에 앉았습니다. 순대 한 접시에 우거지가 반인 선짓국은 무한정 공짜입니다. 속이 따뜻해집니다. 얼큰한 선짓국을 앞에 놓고 옆집 아줌마는 처음 이곳에 왔을 때 얘기를 풀어놓습니다. 남편 공장이 이곳으로 오면서 난생 처음 충청도에 왔는데 이곳 오일장이 제일 재미난답니다.

생강이 참 토실합니다. 김장을 하고 남으면 생강차도 달여 먹을 생각으로 넉넉히 사 들고 들어와 친정어머니께 전화를 합니다. 해마다 하는 김장이지만 어렸을 때 어머니가 하던 기억을 떠올려 그렇게 맛있는 김장을 하고 싶은 마음이 간절합니다. 어머니는 김장 레시피를 들고 계신 양 줄줄 읊으십니다.

어렸을 때는 김장을 엄청나게 많이 했습니다. 육남매 먹을 김장치고는 너무 많은 양이었습니다. 어머니는 사촌오빠들 몫까지 김장을 담갔습니다. 객지에 나가 있으니 돌아가신 큰어머니 대신 사촌오빠들을 챙기셨습니다. 가을엔 깻잎김치를 담가놓으시고 된장에는 고춧잎장아찌 박아놓으셨다가 참기름 통깨 실고추 솔솔 뿌려 무쳐내면 사촌오빠 내외는 밥을 두 그릇씩 뚝딱 해치웠습니다.

겨울 김장 중에 빼놓을 수 없는 동치미는 우리 어머니의 손맛을 따라오는 사람이 없었습니다. 무를 자잘하고 예쁜 놈만 골라 깨끗하게 씻어서 굵은 소금에 굴려 항아리에 담고, 마늘 생강 갈아서 망사주머니에 싸 넣고, 쪽파 깨끗하게 씻어 무명실로 묶어서 넣고 한 사흘 간이 배도록 놔두었다가 간 맞춰 물을 붓고, 무가 둥둥 떠오르지 않도록 가는 대나무 가지로 항아리를 채우고 뚜껑 닫아 곰삭힙니다. 무의 시원한 맛과 대나무 가지에서 나온 향이 어우러져 사이다보다 톡 쏘는, 세상에서 제일 맛있는 '엄마표 동치미'가 탄생합니다.

배추김치는 동네 아주머니들과 함께 하는데 그날은 잔칫날입니다. 집 앞 도랑에 마대를 깔고 배추를 절이고 옆집의 커다란 고무 통이 모두 우리 집으로 모여듭니다. 배추가 절여지면 아주머니들이 하나 둘 모여서 옛날 빨래터처럼 까르륵까르륵 숨넘어가는 수다방으로 바뀝니다. 배추를 씻으면서 노란 속잎을 떼어주시면 너무 맛있습니다. 아주머니들 간식으로 고구마 삶아서 내어 가면 뜨끈뜨끈한 고구마 호호 불며 막내딸 시집 잘 가겠다고 덕담을 아끼지 않으십니다.

어머니는 집 안에서 동당거립니다. 강경장에서 사온 곰삭은 황석어젓을 끓여 체에 받쳐 걸러낸 젓국과 되직하게 쒀놓은 찹쌀 풀과 채칼로 썬 것보다 더 정교하게 썬 무채와 무용치마 같은 갓을 썰어 넣고 쪽파를 숭덩숭덩 썰어 넣고 대파 가져 넣고 미리 갈아놓은 마늘과 생강과 뽀얀 새우젓을 넣어 목욕통만큼 커다란 고무 통에 섞어 속을 준비합니다.

아주머니 몇이 둘러앉아 비비면 그 많던 배추는 한나절이면 묻어놓은 항아리에 차곡차곡 쌓이고 파란 배추겉대로 마무리한 후 항아리를 신주단지 모시듯 아끼시던 그 옛날 김장 풍경. 날씨 때문인지 오늘따라 흑백사진처럼 그때 그 시절 풍경이 훈훈하게 떠오릅니다.

우리도 김장을 시작합니다. 남편과 둘이서. 욕조만 한 고무 통을 꺼내놓고 배추를 절입니다. 겉껍데기를 벗겨내면서 남편은 자꾸만 망설입니다. 겉껍데기 한 장을 시원스레 버리지 못하고 다시 만져보고, 위로 보고 아래로 보고 갈등을 합니다.

안 그렇겠습니까? 여름부터 가을까지 아니 엊그제까지 아침저녁으로 "배추야 잘 커라. 튼튼하게 자라라." 인사를 했으니, 그동안 나눈 인사만도 백 번은 넘습니다.

배추를 자를 때부터 하나하나 코치를 합니다.

첫째, 배추는 무 자르듯이 한 번에 자르지 말고 배추 가운데를 3분의 1쯤 자른 다음 다치지 않게 손으로 살포시 두 쪽으로 가른다. 둘째, 미지근한 소금물에 담근 배추를 한 잎 한 잎 젖히면서 굵은 소금을 뿌린다.

동네 할머니한테서 배운 배추 절이기 포인트에 따라 소금을 친 배추를 켜켜이 쌓을 때 통의 중간부분을 모래성 쌓듯이 높게 해서 소금물이 흘러내리지 않도록 하고 하룻밤을 재웁니다. 아침 일찍 일어나 한 번 뒤집어주고 양념을 썹니다.

무채는 너무 두껍지 않게 너무 가늘지 않게 자꾸만 목소리가 높아집니다. 쪽파를 썰고 갓을 썰고 다진 마늘과 생강을 준비하고 젓갈을 꺼내놓습니다. 아침 일찍부터 기다린 우리 집 고춧가루는 보기만 해도 내 볼이 붉어집니다. 참 예쁩니다. 어쩜 이리도 고울까요?

모두 다 얻어온 뒤퉁받이 도시 살림들이 우리 집에 와서 정말로 대접받고 폼 나게 쓰입니다. 욕조만 한 고무 통부터 뽀얀 배추의 물을 뺄 광주리에서 채반까지 옛 모습 그대로입니다. 소꿉장난 같은 도시 살림살이에 저렇게 커다란 광주리나 채반은 아파트 베란다 창고 속이나 다용도실 선반 위에 겨우 몸을 누이고 처박혀 있었을 겝니다. 얼마나 다행입니까. 이제라도 제 몸값을 충분히 인정받는 광주리나 채반이 반짝반짝 빛이 납니다. 마당의 수돗가에서 뽀얗게 단장하고 배추가 절여지기를 기다리는 광주리에서 옛날 옛날 우리 할머니 냄새가 납니다.

고무 통 세 개에 옮겨가면서 살랑살랑 배추를 씻어 건집니다. 배추의 물이 빠지는 사이 미리 사다놓은 굴을 손질하고 저녁에 보쌈으로 먹을 돼지고기를 삶습니다. 준비해놓은 양념으로 켜켜이 속을 넣어 한 잎한 잎 양념이 빠져나가지 않도록 겉잎 한 장으로 보자기 싸매듯 꼭꼭 싸서 미리 묻어놓은 김장항아리에 차곡차곡 넣으니 김장 끝입니다.

이제 부자입니다. 동치미, 깍두기, 총각김치, 배추김치, 나박김치까지 김치만 내놓아도 밥 한 그릇 뚝딱입니다. 서울 사는 언니들 보내주고 대전에 사는 작은오빠네까지 택배로 보내주니 이보다 더 부자일 수 있을까요?

요즘이야 김치냉장고 없는 집이 거의 없으니 김장독을 묻고 씻어내는 수고로움이 없지만 아직도 우리 집은 김장독을 묻습니다. 그늘진 뽕나무 아래 김장독 묻어두고 겨우내 맛난 김치 꺼내 먹을 생각 하니 침이 돕니다. 어머니 하시던 대로 고구마 삶아서 김장김치 손으로 쭉쭉 찢어 척척 얹어 먹으면 어른 간식 아이들 간식 해결. 겨울 준비 끝.

저녁에 둘러앉아 볼이 터지도록 보쌈을 먹습니다. 잘 삶아진 돼지고기를 손수 농사지은 배춧속에 싸서 먹으니 흥부네 형님 보쌈이 하나도 부럽지 않습니다.

예전에 가정 선생님께서 하신 말씀을 올해도 써 먹습니다.

"너희들 모두 시집 잘 가서 노란 배춧속처럼 고소하고 달콤하게 살아라."

메주가 주렁주렁

　　겨울 빈 들판에 아직 손길이 닿지 않은 배추들이 밭 가운데 그대로 널브러져 있고, 빈 들에는 새파랗게 풀들이 올라오고 있습니다. 여름에 풀과 매일 씨름하는 우리 부부에게 머리카락이 하얀 어르신께서 지나가시다가 하신 말씀이 떠오릅니다.

　　"그렇게 풀한테 애 달을 것 없어. 눈 오면 다 죽을 풀이여."

　　그렇습니다. 그 어르신 말씀대로 여름에 그토록 속을 태우던, 나보다 더 큰 풀들도 어느새 삭정이가 되었습니다. 그러나 가만 보면 겨울이 끝인 것 같지만 어디선가는 다시 시작하고 계속되는 것을 알 수 있습니다. 땅 가까이 가보면 겨울 냉이가 보드라운 살결로 태어나고 이름 모르는 가녀린 풀들이 겨울바람 앞에 당당히 고개를 내밀고 살아갑니다.

　　동네에 들어서면 집집마다 메주가 주렁주렁 달려 있습니다. 보기만 해도 정겹습니다. 가을에 거둔 콩을 요즘처럼 한가할 때 작은 밥상 위에 쏟아놓고 콩 고르기를 합니다. 동글동글한 콩은 상을 약간만 기울이면 밑으로 조르륵 굴러내려오고 잘 여물지 않은 쭉정이 콩은 그대로 남아 있어 자연스럽게 분리가 됩니다. 세련된 식탁에 밀린 작은 밥상은 콩 고르기에 안성맞춤입니다. 마치 눈썰매장에서 아이들이 줄을 맞춰 썰매에 올라앉았다가 호루라기 신호에 따라 일제히 밑으로 미끄러지듯이, 상을 약간 기울여 살살 흔들면 잘생긴 콩들은 서로 먼저 내려오려는 썰매 탄 아이들처럼 미끄럼을 타고 주르륵 아래쪽으로 내려와 줄을 섭니다.

깨진 콩이나 반쯤 여문 콩들은 작은 항아리에 넣어두었다가 한 줌씩 꺼내 물에 담가 불려서 겨울 김장김치가 익으면 쫑쫑 썰어 함께 넣고 콩비지를 끓여 먹으면 셋이 먹다가 둘이 죽어도 모르는 겨울철 별미가 됩니다.

잘난 콩 선발대회에서 입선한 콩들은 깨끗한 물에 목욕을 하고 메주가 될 준비를 합니다. 한 해 중요한 농사로 빼놓을 수 없는 메주는 아주 맑은 겨울날을 골라 쑵니다. 마당 한 곳에 있는 화덕에 가마솥을 걸고 장작불을 때서 콩을 푹 무르게 삶습니다. 김이 모락모락 오르면 가마솥에서는 하염없이 눈물이 납니다. 솥 밖으로 주룩주룩 흐르는 김을 눈물이라고 표현한 걸 보면 우리의 조상님들은 모두 언어 예술가입니다.

김이 푹썩 오르면 좋은 장작불을 조금 앞으로 꺼내놓고 뜸이 들기를 기다립니다. 그사이 고구마를 넣고 따뜻한 방에서 몸을 녹이고 있으면 숯불 속에서는 고구마가 맛있게 익어갑니다. 다 익은 고구마를 꺼내고 남은 장작불로 한소끔 더 끓입니다. 온 집에 콩 삶는 향기가 그윽하고,

옆집 아주머니들 모두 모여 호호 불며 먹는 숯불 속에서 갓 꺼낸 군고구마는 꿀맛입니다. 이렇게 서너 번 삶은 콩은 푹 물러서 절구에 몇 번만 찧어도 됩니다.

선물로 들어온 적당한 크기의 나무상자가 있다면 이때 재활용하면 좋습니다. 찧은 콩을 나무상자에 단단하게 눌러 넣고 조금 식으면 엎어서 네모난 메주를 꺼냅니다. 이때 메주를 꾹꾹 눌러주지 않거나 너무 크게 만들면 짚으로 엮어 매달기가 어렵습니다. 너무 두껍고 크면 메주가 마르는 데 시간이 많이 걸리고 자칫 잘못하면 곰팡이가 생기기 쉽습니다.

메주는 얼면 장맛이 좋지 않기 때문에 신주단지 모시듯 해야 합니다. 따뜻한 온도와 통풍이 제일 좋은 조건입니다. 단단해진 메주를 짚으로 엮어서 시렁에 매달아놓으면 한 해 농사는 이제 마감. 겨우내 햇살 좋은 장독대에서 숨을 쉬고 얼었다 녹았다 해야 전통 장맛을 살려낼 수 있다고 어르신들이 귀띔하십니다. 그래서 장은 겨울에 담근다고. 장맛이 좋으면 모든 음식의 절반은 성공한 셈입니다.

어린 시절 오빠랑 장난하다 횃대에 매달아놓은 메주를 떨어뜨려 어머니께 혼쭐나고 바깥으로 쫓겨나서 덜덜 떨던 기억이 납니다. 별 간식거리가 없던 시절이라 어머니 몰래 메주에서 안 찧어진 콩을 손가락으로 빼 먹다가 들켜 야단맞던 기억도 이제는 오래된 흑백 필름처럼 추억의 한 페이지가 되었습니다. 메주가 발효되느라 냄새가 많이 납니다. 아이들은 코를 막고 킁킁거리지만 나는 구수한 향이 좋기만 합니다.

동네에 들어서면 집집마다 메주가 주렁주렁 달려 있습니다. 어린 시절 횃대에 매달아놓은 메주에서 안 찧어진 콩을 손가락으로 빼 먹다가 들켜 어머니께 야단맞던 기억이 떠오릅니다. 메주가 발효되느라 냄새가 나면 아이들은 코를 막고 킁킁거리지만 나는 구수한 향이 좋기만 합니다.

눈 깜짝할 사이에 한 해가 지나갑니다. 다행히 올해는 커다란 태풍도 비켜가고 큰 물난리도 없었으니 농부에게는 감사할 일만 남았습니다. 자연재해를 막아준 천지신명께도 감사하고, 항상 곁에서 조언해주고 보살펴주는 어르신들께도 감사하고, 자식 같은 농산물을 아끼고 사랑해준 소비자들에게도 감사하고, 일손이 바쁠 때마다 달려와 거들어준 지인들에게도 감사드립니다.

내년에도 흙을 살리고 우리 농산물을 사랑하는 농촌지킴이로서 변함없이 땅을 지키며 잘 살아갈 수 있을까요? 긴긴 겨울밤, 기도하는 마음으로 밤마다 농사일 도와주신 분들께 편지를 한 통씩 써야겠습니다.

들깨 터는 날

비닐집 가득 들깨 향기로 채워져 이름 모르는 향기 나라로 순간 이동한 느낌입니다. 애초에 이보다 더 아름다운 허브가 있었을까요? 이토록 상큼하고 매혹적인 향은 도대체 어디에서 왔을까요?

늦여름 바람결에 깻꽃 향기 날리면 아무것도 손에 잡히지 않습니다. 그냥 어딘가로 여행을 떠나고 싶습니다. 고향집 마당 가득 깻단들이 줄지어 서 있던 달 밝은 밤에 툇마루에 앉아 금방이라도 쏟아질 듯 총총한 별을 세던 그 향기가 다시 살아납니다. 무작정 열네 살 소녀로 돌아가는 들깨 향기의 마술…….

지난봄 동네 할머니께서 주신 들깨씨를 비닐집 옆 귀퉁이에 좁다랗게 골 하나를 만들어 뿌렸는데 옆집 할머니는 자꾸만 뽑아내라 하셨습니다. 손수레를 밀고 밭을 오가기도 힘들고, 고추에 그늘이 지니 그까짓 돈도 안 되는 깨를 심어 뭐에 쓰려고 하느냐고 몇 번이나 말씀하셨습니다. "깻잎 좋아해서 길러요, 할머니." 대답하면 그냥 웃으십니다.

모종으로 뿌린 깨를 그대로 두고 깻잎을 따 먹으면 잎도 크지 않고 열매도 얻을 수가 없습니다. 꼭 한 번 옮겨심기를 해야만 손바닥만 한 깻잎을 먹을 수 있고 가을엔 굵은 들깨알을 얻을 수 있습니다. 여름내 쌈으로 상추와 함께 식탁을 빛내준 들깨는 여름이 지나면서 꽃이 피는데 그 꽃향기는 어느 아름다운 꽃과 견줄 수가 없습니다. 지나치면서 한번씩 흔들어주면 허브처럼 향기가 살아나는데 그만 향기에 빠져 아무것도 할 수가 없습니다. 밭두렁에 주저앉아 옆에 있는 보랏빛 도라지꽃을 퐁퐁 터뜨리며 어린 시절로 돌아갑니다.

　오늘은 들깨를 터는 날입니다. 가을에 뭐 하느라 시간 다 보내고 비닐집 한쪽에 베어서 말려놓은 깨를 오늘은 작정하고 털기로 했습니다. 바삭바삭 잘 말랐습니다. 한 알도 흘려버릴 수 없어 살살 내리칩니다. 조그만 깔개를 깔고 하자는 남편에게 핀잔을 주고 내 성질대로 끝내 제일 큰 깔개를 펴고 마음 놓고 두드립니다. 우수수 깨가 쏟아집니다. 다닥다닥 여물었나 봅니다. 깻잎 따 먹을 때마다 열매가 안 열리면 어쩌나 걱정했는데 잎사귀 다 내어주고 열매까지 알차게 여물었나 봅니다.

　갑자기 동화 '아낌없이 주는 나무'가 생각납니다. 들깨는 하나도 버릴 게 없습니다. 어린 깻잎은 쌈으로 먹고, 누런 깻잎은 삭혀서 겨우내 먹을 수 있는 깻잎짠지 밑반찬이 되고, 알곡은 털어서 들기름을 짜서 나물 무치는 데 쓰면 얼마나 향기로운가요? 특히 김 구울 때 들기름과 식용유를 섞어서 김을 재면 식탁에 밥도둑이 됩니다. 어디 그뿐인가요? 잎, 열매 다 주고 남은 빈 깻대를 불태워 재를 모았다가 염색할 때 천연

염료인 잿물을 만들어 쓸 수 있습니다.

밭작물 가운데 팔방미인이 바로 들깨입니다. 작은 깔개를 고집하다가 핀잔을 들은 남편도 어느새 깨 쏟아지는 재미에 다 풀렸나 봅니다. 밀려난 작은 깔개에 깻대를 옮겨놓고 체로 치면서 검불을 걷어냅니다. 마지막 작업으로 키를 이용해서 흙먼지를 날려야 하는데 우리 집에는 키가 없습니다. 그래 바람을 이용합니다. 살금살금 부는 바람 앞에 깨를 한 바가지씩 쏟아 부으면 잘 여문 들깨알만 받쳐놓은 함지박에 쌓이고 흙먼지는 모두 날아가버립니다. 풍로도 선풍기도 없던 시절, 바람 잘 통하는 다리목에서 어머니께서 하던 모습을 재현했는데 신기하게도 깨끗하게 분리됩니다.

따뜻한 비닐집 안에 앉아 도란도란 얘길 나누며 강낭콩을 깝니다. 몇 개 안 되는 콩은 손으로 하나씩 껍질을 벗깁니다. 밥에 얹어먹는 강낭콩은 맛이 기가 막힙니다. 그 콩만 봐도 배가 부릅니다. 밭 한 귀퉁이에 심은 다이어트식 팥알을 손으로 다 까준 남편이 고맙습니다. 발이 저려옵니다.

내년에 심을 씨앗을 잘 보관하는 것은 농사의 기본입니다. 벌레가 타지 않도록 잘 말려서 플라스틱 통에 넣어 햇빛 보이지 않게 그늘에 잘 보관합니다. 팥씨, 강낭콩씨, 들깨씨, 참깨씨, 도라지씨, 옥수수씨, 수수씨……. 저마다 이름표 달고 내년을 위해 겨울잠에 들어갑니다.

이제 밭 정리가 끝났습니다. 고춧대는 뽑아 잘게 손으로 분질러서 다시 땅으로 돌려주고, 재활용할 말뚝과 노끈과 고추망은 잘 갈무리하고, 땅에 깐 비닐은 걷어서 내년에 고구마 심는 데 재활용하도록 돌돌 말아서 보관합니다. 그리고 여름내 아낌없이 사람을 위해 헌신한 땅을 위해 물을 맘껏 주고 호밀을 심습니다. 겨울에도 파릇파릇하게 나서 호밀이 땅에 뿌리 내리면 땅도 숨을 쉬고 이듬해 봄 호밀을 베어 다시 땅으로 돌려줍니다. 여름내 꺼내놓고 쓰던 분무기를 들여놓고, 추워지면 얼어터질라 지하수도 잠그고 겨울바람에 날아갈까 찢어진 비닐집을 동여맵니다.

겨우내 얼었다 녹았다 하면서 땅은 숨고르기를 합니다. 내년에 힘 좋은 청년으로 다시 태어나기 위해 이제 농부도 마음공부를 할 시간입니다.

산타 할아버지에게 쓰는 편지

크리스마스이브에 첫눈이 내렸습니다. 옛날 서빙고동의 교정에 많이 있던 아카시아 꽃잎이 질 때처럼 천천히 허공을 돌아 사뿐히 내려앉습니다.

특별히 약속도 없었지만 눈이 내리는 크리스마스는 왠지 어떤 이벤트라도 있을 것 같은 설렘이 있습니다. 눈은 아침나절에 잠깐 얼굴만 내밀고 반짝이는 햇살 속으로 숨어버립니다.

작은 녀석은 만화영화를 보다가 갑자기 산타 할아버지께 편지를 써야겠다고 호들갑을 떱니다. 분명 산타 할아버지는 없다고, 미리 엄마가 탑블레이드 팽이를 사주면 좋겠다고 선수를 칩니다. 그렇다면 다 저녁에 공개적으로 쓰는 편지는 야릇한 냄새가 풍기질 않는가요? 내용인즉 이렇습니다.

산타 할아버지, 사랑해요. 저는 이인안인데요, 산타 할아버지가 있는 것도 같고 없는 것도 같아요. 하지만 꼭 산타 할아버지가 선물을 갖다 주실 것 같아요. 제가 갖고 싶은 선물은 탑블레이드 팽이예요. 다른 선물 말고 꼭 그 선물로 갖다 주세요. 산타 할아버지, 건강하세요.

끝에는 하트 표시까지 하는 등 온갖 애교를 다 떨어서 편지를 쓰고 장식합니다. 양말에는 안 들어갈지 모른다며 박스를 찾아다니더니 결국 큼직한 내복을 방문에 걸어놓고 일찍 잠자리에 듭니다.

누굴 닮아 저렇게 여우일까?

동생이 쓴 편지를 보더니 큰녀석까지 자기도 써야겠다며 야단입니다. 산타 할아버지가 우리나라 말을 해석하지 못할 수도 있으니 영어로 써야겠다며 안 되는 영어를 물어가며 애를 씁니다. 실실 웃어가며 "이번엔 정말 내가 원하는 선물을 갖다 주실까?" 하고 속내를 일부러 내보이는 녀석이 더 우습습니다. 《해리포터》 시리즈 전권을 사달라고 편지를 써놓고 동생보다 더 큰 내복을 걸어놓고 뽀뽀를 하고 들어갑니다.

녀석들을 보고 있던 남편이 자기도 써야겠다고 아이처럼 쪼그리고 앉아 편지를 씁니다. 남편은 버릇처럼 온 가족의 소망을 담아 써내려갑니다.

"우리 엄마에게는 돈이 담긴 라면박스 열 개를 주십시오. 우리 엄마 참 착하게 아이들 키우고 남편 하늘같이 섬기니, 그 마음 산타 계신 하늘에 닿아 꼭 그 소원 이루어주소서.

우리 아빠에게는 어떤 땅이라도 잘 갈 수 있는 호미랑 괭이 주시고,

혹 무겁거들랑 마음밭 잘 갈 수 있는 햇살 한 줌 주소서.

우리 인재 인안, 그 무엇보다 튼실한 열매 맺을 수 있는 노력과 인내, 웃음과 건강을 매일매일 함빡 내려주소서. 펑펑 눈발 되게 하소서."

남편은 들으라고 큰소리로 읽습니다. 저녁 무렵 남편에게 멋진 스웨터를 선물로 주고 눈을 감고 손을 내밀었더니, 당신 좋아하는 책이라며 책을 두 권 내밉니다.

책 제목이 '풍요로운 가난', 그와 비슷한 내용의 책 또 한 권. 귀농을 못 하게 막은 이유가 경제적 결핍 때문인지라 남편은 기회만 있으면 내게 소박한 삶을 노래합니다.

책 선물에 화를 내는 내게 남편은 내가 꼭 읽어야 할 부분에 밑줄까지 쳐놓았다며 너스레를 떱니다. 그 책은 며칠 전 자신이 읽고 싶어 산 것이고 먼저 다 읽고는 선물을 준비 못 한 대신 궁색을 떤 것이지요.

산타 할아버지는 우리들의 소원을 들어주실까요? 오늘밤 산타 할아버지는 잠이 안 오실 겁니다. 돈이 든 라면박스 열 개와, 호미와 괭이와, 《해리포터》 시리즈와, 탑블레이드 팽이를 구하러 밤새워 달려야 할 것입니다.

산타 할아버지! 산타 할아버지! 좀 무리가 되더라도 우리 소원 꼭 들어주세요. 네?

부엌 아궁이에 데워주던 운동화

어릴 적 내가 살던 집 뒤로는 담장 대신 대나무가 울창했습니다. 겨울에 눈이 내리면 소복하게 쌓인 눈을 감당하지 못한 대나무가 후드득 한순간에 눈을 땅으로 쏟아 붓습니다. 그러면 잠자던 산비둘기들이 놀라 자빠져 후닥닥 하늘로 날아오릅니다. 눈은 소리 없이 장독 위에도 탱자나무 가시 위에도 소복소복 쌓입니다.

탱자나무 가시 밑에는 수다쟁이 종달새들이 추운 줄도 모르고 재잘댑니다. 오늘 아침에 그렇게 아름답게 눈이 내렸습니다. 아마 내 고향 마당에도 그렇게 예쁜 눈이 내렸겠지요?

십리를 걸어서 학교에 다녔습니다. 포장도 안 된 신작로를 동무들과 조잘조잘 얘기하며 걸으면 그 길이 먼 줄도 몰랐습니다.

엄마가 장작불 앞에 따뜻하게 구워준 운동화는 참 따뜻했습니다. 머리 빗어 철사핀을 예쁘게 꽂고 아침을 먹는 사이, 엄마는 부엌 아궁이 앞에서 운동화를 데워주십니다. 굵은 장작 위에 괴어놓으셔도 될 텐데

오늘 아침 그렇게 아름답게 눈이 내렸습니다. 눈은 소리 없이 장독 위에도 탱자나무 가시 위에도
소복소복 쌓입니다. 아마 내 고향 마당에도 그렇게 예쁜 눈이 내렸겠지요? 하얀 눈 위에 꼭꼭 눌러
발자국 꽃 만들고, 발 시린 줄도 모르고 신작로 길을 같이 걷던 그 오랜 친구들이 그리워집니다.

엄마는 꼭 그 앞에서 기다리십니다. 초등학교 땐 빨간 운동화를, 중학교 땐 군청색에 하얀 끈을 묶는, 단발머리와 썩 잘 어울리는 운동화 말이지요.

따뜻하게 구운 운동화를 툇마루에 올려놓으시고는 "막내야, 발 시리지 않게 얼른 학교에 가거라." 이르십니다. 눈 쌓인 논둑길을 걸어도 따끈따끈하던 운동화. 엄마의 사랑이 숨어 있어 언제나 반짝반짝 빛나던 운동화.

하얀 운동화 끈을 두 개 준비해서 언제나 새것처럼 깨끗하게 운동화를 신겨 보내신 울 엄마. 이렇게 하얀 눈 내리면 엄마의 따뜻한 운동화가 생각납니다. 이제는 다리가 불편하셔서 노인정에도 못 나가시는 어머니께 따뜻한 털신이라도 사드려야겠습니다. 빨리 다리 낳으셔서 털신 신고 훨훨 다니시라고요.

하얀 눈 위에 꼭꼭 눌러 발자국 꽃 만들고, 발 시린 줄도 모르고 신작로 길을 같이 걷던 그 오랜 친구들이 그리워집니다.

시골에서도 문화의 주체가 될 수 있지요

밖에 나갔던 아들 녀석이 숨을 몰아쉬며 뛰어 들어왔습니다. 왁자지껄하게 아들 친구들도 몰려듭니다. 아이들이 발견한 아지트, 다리 밑에서 고구마를 구워먹겠다는 것입니다.

제법 괜찮은 생각이라 나도 덩달아 흥분이 되었습니다. 잘 익을 수 있도록 자잘한 고구마로 골라 한 봉지 담아주고 반짝이는 아이들의 눈에 건투를 비는 응원의 웃음까지 담아주었습니다. 오락실에 앉아서 시간을 죽이는 일보다 얼마나 건강하고 씩씩한가요?

위험하지 않게 조심할 것을 당부하고, 신나게 되돌아 나가는 녀석들의 등을 바라보며 혼자서 웃었습니다. 숯검댕이 되어 돌아올 아들 녀석이 벌써부터 기다려집니다.

늦은 저녁에야 돌아온 아들 녀석은 영웅처럼 이야기를 늘어놓습니다. 처음엔 불을 잘 살리지 못해 눈물이 나 고생했는데, 나무를 많이 모아놓고 불을 피웠더니 불이 잘 붙었고 고구마가 잘 익었답니다. 그리고 고구마 껍질을 벗겨 먹는 순간 그동안 힘든 과정이 한순간에 날아갔답니다. 몇몇 친구는 중간에 그만두자고 했는데 포기하지 않고 끝까지 노력해서 세상에서 제일 맛있는 고구마를 맛보았다고 자랑합니다.

빨간 불 속에서 익어가는 고구마를 기다리며 열세 살의 다섯 소년은 무슨 얘기를 나누었을까요? 차가운 강바람을 콧속에 잔뜩 넣고 개선장군처럼 돌아온 아들의 빠알간 볼을 비벼주었습니다.

열세 살 소년들의 겨울은 이렇게 토실토실 익어갑니다. 누군가에게 배우지 않아도 그네들만의 호기심으로 가득한 마음으로 일구어가는 그들만의 문화입니다.

다리 밑에서 직접 나무를 구하는 일부터 처음 해보는 불장난을 경험하면서 녀석들의 가슴은 한 뼘 더 자라나겠지요. 냇가의 얼음 밑으로 흐르는 물처럼, 그 깊은 물 속에는 물고기들이 살랑대는 따스함을 간직하듯, 수정처럼 맑고 영롱한 마음을 간직할 수 있는 소년이 되어주기를 기도합니다.

저녁나절 해가 길어지면 얼음이 녹은 물길 가운데로 미루나무 그림자가 길게 드리워지겠지요.

귀농한 지 2년 된 지난 연말에는 뜻 깊은 일이 있었습니다. 아주 특별한 송년음악회에 다녀온 것입니다. 시골 교회에서 10년째 하고 있는 오케스트라 연주회였습니다. "비록 세련된 연주는 아닐지라도 면 단위 농촌 마을에서 일구어낸 오케스트라의 풋풋한 선율에 조금은 넉넉한 정취를 느껴보았으면 합니다." 하고 덧붙인 작은 교회 목사님의 인사말이 하나도 거짓 없이 연출되었습니다.

작은 읍에서 하는 음악회여서 아이의 같은 반 친구가 무대에 서고, 읍내에 하나뿐인 고등학교 여학생들이 주인공이 되어 예쁘게 드레스를 입고 콘트라베이스를 들고 나왔습니다. 자주 얼굴 맞대던 아주머니가 오늘은 바이올린을 들고 무대에 섰습니다.

무엇보다 '집시의 세레나데', '정든 비엔나', '오 솔레미오' 등 귀에 익은 곡들을 연주해 세심한 선곡이 돋보였습니다. 특히, 우리의 다정한 이웃이기에 객석에 앉은 우리도 무대 위의 주인공들이 혹시 실수하지나 않을까 마음을 졸이기도 했습니다.

모두 한마음이라는 표현이 오늘처럼 맞아떨어진 적이 없습니다. 이 작은 음악회를 빛내주기 위해 서울에서 자발적으로 내려온 유명한 음악가들이 세련된 연주를 하고, 해금산조를 들려준 강은일 님은 객석의 우리들에게도 기회를 주어 한마음을 유도했습니다. 추임새를 넣는 방법을 잠깐 설명하고는 함께 호흡하는 연주를 해서 뜨거운 박수를 받았습니다.

같이 음악회에 간 이웃 아저씨는 일주일이 이렇게 행복하기는 처음이라고 했습니다. 천천히 걸어서 복지회관에 마련된 음악회에 가는 것도 처음 있는 일이며, 모처럼 개량 한복 꺼내 입고 한껏 멋을 부려 화려한 외출을 한 것도 처음이었습니다.

언제부터인가 사람들은 문화의 주체가 되지 못하고 구경꾼의 자리에 머물러 뒷짐 지고 있는 방관자 신세가 되었습니다. 내가 할 수 있는 많은 것을 어느 특정한 사람들에게 내어주고 허전한 빈 가슴을 쓸어내리는 고독한 비문화인이 된 것입니다.

우리 가족에게 지난해는 특별한 한 해였습니다. 우리 스스로 자연과 친해지기로 마음먹고 도회지를 떠나 내 손으로 직접 농사지은 소중한 농산물을 나누어 먹을 수 있어 즐거웠고, 아이들은 목화솜에 물 스며들 듯 새로운 환경에 익숙해져서 해 저무는 줄 모르고 잘도 뛰어놀아 더없이 고맙습니다.

보람과 아쉬움이 많은 한 해를 보내고 맞은 새해에는 우리 모두 언제 어디서든 주인공이 되는 문화의 주체자가 되면 어떨까요? 함께 손뼉 치고 함께 즐거워하는 삶의 주체자가 지금 가장 필요한 사람이 아닐까요. 더불어 함께 삶을 만들어가는 사람, 그 아름다운 풍경을 새해에 기원합니다.

어머니를 닮은 보름달처럼

일년 열두 달 가운데서 가장 짧은 2월입니다. 해마다 느끼는 것이지만 보통 작은 달보다 하루가 적은데 며칠을 통째로 잃어버린 기분입니다. 고향에서 설을 지내고 온 아쉬운 마음을 달래다보면 2월 한 달은 후딱 지나가버립니다.

달력을 한 장 뜯어내고 가계부를 정리하다가 한바탕 웃었습니다. 올해 1월 1일부터는 다녀간 분과 어떤 이야기를 나누었는지 가계부에 간단히 적기 시작했습니다. 농한기라 그런지 정월 한 달에 손님이 일흔여덟 분 다녀갔으니 거의 하루도 빠짐없이 손님이 다녀갔습니다.

잠깐 들러서 차 한잔 나누고 가신 분도 계시고, 뒷동산에 오르며 같이 산책하고 돌아가신 분도 계시고, 늦은 밤까지 얘기를 나누다가 하룻밤 작은 서재에서 묵어 가신 분도 계십니다.

오랫동안 못 만나 그동안 못 다한 이야기를 나누느라 새벽녘까지 도란거림이 계속되기도 합니다. 또, 더러는 부옇게 아침이 밝아올 무렵에야 잠자리에 들게 되는 날도 있습니다.

이제 우리 옆집 아주머니들께서도 우리 집을 걱정합니다. 그렇게 손님이 많이 와서는 집이 거덜 나게 생겼다고. 남는 김치도 갖다 주고, 철마다 아욱이며 근대며 파에 국거리도 챙겨줍니다.

지난달에 괴산, 음성 지역 귀농자 모임을 했는데 너무도 귀한 곡식을 선물로 받았습니다. 직접 농사지어 깨끗하게 갈무리한 수수를 한 됫박 가져오고, 봄내 여름내 산으로 들로 다니면서 채집한 산야초로 만든 효소를 가져오고, 조약돌처럼 깨끗하게 말린 은행을 가져오고. 가을 햇살 받으며 처마 끝에 말려 밀가루 분을 입힌 듯 하얗고 말랑말랑한 곶감을 가져오고…….

이 소중한 곡식들을 받았다가 다시 우리 집에 오는 분들께 조금씩 나누어드리면 너무나 좋아들 하십니다. 손님이 많아 기둥뿌리가 뽑히는 게 아니라 오히려 일용할 양식을 얻어먹고도 남아 기둥이 더 튼실해집니다.

손님들에게 편안한 잠자리를 마련해드리지 못한 아쉬움도 있습니다. 친정어머니를 닮아보려고 애쓰지만 아직 멀었습니다.

지난날 어머니께서는 늘 여벌의 이불깃을 마련해놓으셨다가 손님이 묵어 가는 날에는 풀을 먹여서 빠득빠득 소리가 나는 새 이불을 내놓으셨습니다. 눈 깜짝할 사이에 베갯잇을 갈아 끼워서 잠자리를 보아드리고, 손님의 머리맡에 자리끼 두는 것을 잊지 않으셨습니다.

여섯 남매를 홀로 키우시느라 넉넉지 않은 살림살이였지만 어머니께서는 늘 바지런한 살림 솜씨로 궁상스럽게 보이지 않았습니다.

손님이 오셔서 이불을 내어드리면 작은 이불을 서로 잡아당기느라 한밤에 이불 쟁탈전이 벌어지기도 했지만 우리 형제들은 한 이불 속에서 정이 난다고, 어릴 적 싸움 한 번 안 하고 어머니의 튼튼한 방패가 되어드렸습니다.

하얀 쌀이 더 많이 섞인 손님의 밥상에는 노란 계란찜이 어김없이 따라 올라왔습니다. 어머니 몰래 흘깃흘깃 손님상의 계란찜을 살피던 어린 시절 추억이 떠오릅니다.

어떤 날에는 생떼를 쓰기도 합니다. 우리도 먹을 것이 모자란데 왜 날마다 손님을 불러들여 다 퍼주느냐고 대들기도 했습니다. 어머니는 오는 손님을 어떻게 막느냐고 하시고는 옆집에서 계란을 꾸어다가 우리들의 저녁 반찬으로 계란찜을 올려 입막음하십니다.

처갓집 세배는 미나리꽃 필 때까지만 가도 반가워한다는 옛말이 있습니다. 시집간 딸을 기다리는 어머니의 깊은 정이 담긴 말입니다. 미나리꽃이 필 때까지라도 언제든 보고 싶은 딸과 사위를 기다리겠다는 어머니의 끝없는 사랑이 담긴 표현입니다.

지난 설에 어머니께 세배를 드리고 왔습니다. 어머니는 외손들을 바라보기만 하여도 좋으신가 봅니다. 어머니 머리 위에 내린 서리만큼이나 하얗게 웃으십니다.

언제나 기다려주는 어머니 품처럼 따뜻한 보름달입니다. 모자람을 채워주고, 모자람을 덮어주는 어머니의 치마폭처럼 커다란 보름달입니다. 이제 다시 한 해 농사가 시작되겠지요. 어머니의 웃음을 닮은 둥그런 보름달에게 두 손 모아 기도드립니다. 올해는 농부의 얼굴에도 달님처럼 환한 웃음 짓게 하소서.

느릿느릿 시골 풍경

두꺼운 스웨터를 입은 노인이 허리를 90도 각도로 구부리고 어디론가 천천히 걸어가십니다. 농사철도 아닌데 어른들은 살아오신 습관대로 항상 진득하십니다. 터미널과 버스정류장에서 버스를 기다리는 모습은 참 정겹습니다.

영화 〈집으로〉의 할머니가 생각나기도 합니다. 할머니는 자식에게 나누어줄 무거운 짐을 들고 기다리던 버스를 향해 허둥허둥 달려가십니다.

할머니와 할아버지가 함께 길을 걸어가시는 모습은 참 재미있습니다. 뒤에서 천천히 따라가보면 할아버지는 화난 사람처럼 몇 발짝 앞서 가시고, 할머니는 보따리를 들고 할아버지를 놓치실까 봐 거의 뛰어가십니다.

두 분이 손잡고 공원길을 산책하시는 도회지의 노부부와는 너무 다릅니다. 예전과는 달리 어르신들도 마트에 가면 할아버지께서 카트를

오늘도 강가를 걸었습니다. 찬바람이 싫지 않습니다. 눈 내리고 찬바람 쌩쌩 불어도 봄을 기다리는 마음은 새악시입니다. 얼음 밑으로 흐르는 물소리가 봄을 불러올까요?

밀고 다니십니다. 한껏 멋을 부린 할머니는 할아버지 옆에 바싹 다가서서 쇼핑을 즐기는 모습도 많이 볼 수 있습니다. 그런 모습을 뒤에서 보면 은근히 부러워집니다.

어쩌면 저리도 다정하게 사실까? 오이피클처럼 새콤달콤한 사랑을 오래도록 지켜온 그분들이 존경스럽습니다. 눈빛만 보아도 님의 생각을 읽어내실까요? 발소리만 들어도 어디쯤 오시는지 알 수 있을까요? 바바리코트깃 세워주며 늦은 오후 햇살을 맞으러 가는 노부부를 그려봅니다.

오늘도 강가를 걸었습니다. 찬바람이 싫지 않습니다. 눈 내리고 찬바람 쌩쌩 불어도 봄을 기다리는 마음 새악시입니다.

얼음 위를 거니는 소녀들과 그 소녀들 뒤를 따라다니는 소년들이 참 예쁩니다. 금발의 노부부도 허리가 굽으신 할머니 할아버지도 예전엔 소녀와 소년이었을 거라는 생각을 해봅니다. 얼음 밑으로 흐르는 물소리가 봄을 불러올까요?

네 번째 이 야 기 # 행복해진다는 것

긴긴 겨울을 이겨낸 풀들이 예전 그 자리에

그대로의 모습으로 하나 둘씩 솟아나고 있습니다.

아무런 약속도 없이 헤어졌지만 그 자리에 다시 태어나는

새싹들을 보면서 무언의 약속이 있었음을 짐작합니다.

봄의 약속, 가난하지만 겨울 지나 불러낼 땅이 있으니

마음은 이보다 더 부자일 수 없습니다.

꼭 차게 여문 콩처럼

지난 일요일 경상북도 봉화에 다녀왔습니다. 약도대로 높은 고개를 하나 넘으니 그림처럼 펼쳐진 소박한 마을이 밭두렁과 손잡고 옹기종기 모여 앉아 있었습니다. 하늘 아래 첫동네 키 작은 통나무집이 우리들을 반겨 맞아주었습니다.

손수 우리 집 짓기로 유명하신 정호경 신부님 댁을 방문하고, 신부님의 도움으로 신부님보다 더 운치 있고 멋스러운 귀틀집을 지으신 윤길학 선배 댁에서 하룻밤을 머물고 왔습니다.

밤늦도록 좋은 님들과 술자리가 이어졌고, 넙죽넙죽 받아 든 소주잔만큼 고개를 떨구다가 아랫목 찜질방처럼 따뜻한 선배님의 보금자리에 끼어들어가 잠들었습니다. 깨어보니 선배 부부는 윗목에서 주무시고 굴러들어온 객이 땀을 뻘뻘 흘리며 술에 취해 자고 있습니다. 새우잠을 주무시고도 아침 일찍 일어나 된장국을 맛있게 끓여낸 사모님의 정성에 또 한 번 너그러움을 배웁니다.

아침 일찍 서둘러 정호경 신부님 댁에 콩 타작을 하러 갑니다. 논가에 쌓아놓은 콩을 경운기 동력을 이용해 타작합니다. 신부님과 선배께서 시범을 보이고는 가셨는데 말씀처럼 쉽지는 않았습니다.

기계가 다 알아서 할 것 같았는데 콩깍지의 반도 안 털려서 그냥 나왔습니다. 기계 밑에 나온 콩깍지를 갈퀴로 긁어낸 후 손도리깨로 털고, 일부는 앉아서 원시시대처럼 막대기로 털기도 했습니다. 완벽할 수 없는 게 기계의 한계였고, 정교하지만 팔이 올라가지 않을 정도로 힘이 모자란 게 인간의 한계였습니다.

손도리깨로 있는 힘을 다해 콩깍지를 두들겨 팼습니다. 미운 사람부터 올려놓고 두들겨 팼습니다. 아니, 용기 없는 나부터 죽도록 팼습니다. 이기적인 나부터 인정사정 안 봐주고 두들겼습니다.

흠씬 맞아서 몸은 흐느적거리는데 내 가슴속의 응어리는 풀리기는커녕 한 움큼씩 눈물만 안으로 고여왔습니다. 도전해보지도 않고 도망가는 겁쟁이, 앞으로 다가올 미래를 가보지도 않고 물러서는 바보 천치 죽쟁이……. 난 언제쯤 내 앞의 뜀틀을, 평형대를 뛰어넘을 수 있을까요? 도움닫기도 하기 전에 바짝 얼어붙어 그만 발이 그 자리에 달라붙어 버리는 걸…….

나는 왜 이쪽도 아니고 저쪽도 아닌가요? 갈림길만 나오면 언제나 똑같은 자세로 서서 한 발자국도 못 내밀고 그 자리에서 누군가를 기다리는가요? 누군가 손을 내밀어 잡아주지 않으면 눈보라가 쳐도 비바람이 불어도, 꼼짝달싹도 못하고 그 자리에서 어린아이처럼 떨며 울고 있습니다.

진정 인간은 강물처럼 흐르는 존재인가요? 그냥 가만히 있어도 강물처럼 흘러갈 수 있을까요? 왜 항상 변화 앞에서 두려움에 몸을 웅크릴까요? 얼마나 더 있어야 주체적인 삶을 향해 나아갈 수 있을까요?

콩이 꽉 차게 여물고 바짝 말라야 타작할 수 있는 것처럼 사람의 일도 그러하겠지요? 깔아놓은 비닐멍석 위에 머무르지 않고 논두렁으로 튕겨져 나가버리는 콩알처럼, 더 멀리 더 높이 튕겨져 나아갈 수 있으면 얼마나 좋을까요?

바싹 마르지 않은 콩 타작은 깔끔하게 마무리도 못 한 채 다음에 오는 손님 신부님께 맡기고 돌아오는 길을 재촉합니다.

팔이 빠지도록 두들겨 팼건만 엉킨 생각은 그대로 꼬여 있고, 응어리는 돌처럼 단단해져 가슴을 파 헤집고, 깊은 상처의 고름처럼 진한 눈물만 가슴속으로 아무도 안 보이게 우겨넣습니다. 남편 귀농은 이렇게 시작되었습니다.

저 빛나는 햇살 속으로

따사로운 햇살을 온몸으로 맞이합니다. 그 고운 햇살로 텃밭의 고추가 빨갛게 익어갑니다. 옥상에 널어놓은 고추가 쫀득쫀득 말라갑니다. 된장, 간장 항아리도 예쁜 햇살을 맞으며 웃고 있습니다.

호랑이 닮은 누런 도둑고양이가 주인이 있는 줄도 모르고 가야금 산조에 맞춰 느릿느릿 마당을 어슬렁거립니다. 으흠! 인기척을 했더니 아무렇지도 않은 듯이 천천히 걸음을 옮깁니다.

중강아지만 한 고양이가 그런 일쯤은 대수롭지 않다는 듯 아주 여유롭게 걸어 나갑니다. 순간 내 집입네 하고 인기척을 한 내가 우스워지고 말았습니다.

회벽 담장 위에 널어놓은 고추씨를 주워 먹느라 재잘대는 참새 가족들도 한가롭기만 합니다. 마당에 비질을 하고 화분을 이리저리 옮겨놓고 나니 아침 기분이 새로워집니다. 작은 화단에 심은 금낭화가 여름내 피고 지고 있습니다. 장미 줄기에 친친 몸을 감고 피어나는 잉크빛 나팥꽃도 참 아름답습니다. 제 몸을 내어주고도 즐거운 모양입니다.

천천히 주전자에 물을 올리고 다기에 찻잎을 떨어뜨립니다. 울타리로 심은 해바라기가 벌써 내 키를 훌쩍 넘어 그늘을 만들어놓았습니다. 아이들 우산만큼 커진 해바라기 잎새에 얼굴을 가리고 차를 마십니다. 텃밭을 한 바퀴 돌며 "잘 자라다오." 하고 배추, 콩, 고추, 깻잎, 고구마와 눈인사를 나눕니다.

남편 나이 마흔에 작은 시골 읍내로 이사와 남편은 지금 '흙살림연구소'라는 농민단체에서 농사일을 일년간 배웠고, 비상근으로 신문 만드는 일을 하면서 농사를 짓고 있습니다.

진정한 자신을 찾아, 하고 싶은 사람의 일을 찾아, 자연의 품안에서 아이들을 키우기 위해 우리는 3년 전 봄 끝자락에 이곳 시골 읍내로 사는 곳을 옮겼습니다. 물론 여기까지 오기에는 힘든 의견 다툼과 어려움도 많았습니다.

귀농하기 전 그해 겨울은 어느 해보다 길고도 짧은 시간이었습니다. 새 집에 이사 와서 만세를 부르던 게 엊그제 같은데, 그 비명소리가 너무 요란했던지 그새 시샘하는 악마가 나타났습니다.

2001년 가을부터 시작한 남편의 귀농학교 공부가 파장을 일으키고 급기야 남편은 잘 다니던 회사를 그만두고 시골로 농사를 지으러 내려가기로 하고 가족과는 당분간 떨어져 살기로 의견을 모았습니다.

그 속엔 오기와 배신감으로 가득 찬 미움이 뱀처럼 똬리를 틀고 있었습니다. 자기 생각대로 남편은 작년 말 사표를 냈고, 집안엔 비무장

지대보다 더 무서운 침묵이 흘렀습니다. 무엇보다 주변 사람들의 걱정 어린 위로를 받을 때마다 한없이 약해지고, 한없이 무너져 내렸습니다.

못 견디게 가슴 아픈 건 병실에서 막내딸 걱정에 가슴 졸이는 친정 어머니였습니다. 어머니만 생각하면 눈물부터 앞섰습니다.

어머니께는 숨기며 말도 못 꺼냈는데 어디서 들으셨는지 어느 날 아침 "막내야, 너 요즘 뭐 속 썩는 거 있냐?" 하고 조용히 전화를 하셨습니다.

건강하셨더라면 벌써 몇 번이나 달려오셨을 텐데 오고 가지도 못하는 당신의 아픈 다리를 원망만 하셨을 겁니다. 사위는 백년손님이라더니 어머니는 끝내 사위 눈치만 보실 뿐 아무 말씀도 못 하시고 가슴앓이를 하셨습니다.

우리 가족을 걱정하는 주위의 따뜻한 마음들을 찐하게 느낄 수 있는 따뜻한 한 해이기도 했습니다. 마음을 열고 전화와 메일로 위로를 아끼지 않던 내 친구들과 선배와 후배의 따뜻한 격려가 힘이 되어 내게 용기를 주었습니다.

남편이 생각을 바꿀 때까지 끝까지 싸우라고 내 편이 되어준 남편의 친구들은 언제나 손전화 열어놓겠다고 힘을 실어주었습니다. 어떤 친구는 대신 자기가 돈 많이 벌어 우리 가족 먹여 살릴 테니 걱정 말라 하였고, 결혼식 사회 본 친구는 주례선생님과 연락해 둘이서 책임지겠다고 웃음을 주기도 했습니다.

처음엔 한 번밖에 없는 인생이기에 누구든 강요할 수 없고, 복종할

따사로운 햇살을 온몸으로 맞이합니다. 널어놓은 고추가 쫀득쫀득 말라갑니다. 된장, 간장 항아리도 예쁜 햇살을 맞으며 웃고 있습니다. 눈부시게 쏟아지는 햇살 속에서 이제부터 새로운 땅갈기를 준비합니다.

수 없다고 생각했습니다. 남편을 보내주려고 속으로 연습하고, 마음을 다잡을수록 두려움으로 몸을 떨었습니다. 남편에게 담담하게 편지를 썼습니다. 오늘은 보낼 수 있고 내일은 보낼 수 없다고 솔직하게 말했습니다.

미친년처럼 웃어젖히고, 미친년처럼 울고, 미친년처럼 화장하고, 미친년처럼 청소하고, 미친년처럼 빨래를 해도 가슴에 쌓이는 분노와 두려움을 이겨낼 수 없었습니다.

남편은 편지를 읽고 나를 일으켜 안았습니다. 미안하다고, 계획을 조금 유보하자고, 그리고 생각이 바뀌거든 온 가족이 함께 떠나자고, 서로 노력해보자고, 내일 당장 사표를 돌려받겠다고 내 손을 꼭 쥐고 미안하다고 고백했습니다.

비온 뒤에 땅이 굳어지는 것처럼 켜켜이 쌓인 슬픔보다 몇 곱절 더 귀한 감사와 몇 곱절 더 큰 사랑을 배웠습니다.

그리하여 남편은 회사에 이미 낸 사표를 번복하고 잠시 계획을 유보하는 듯했습니다. 그러나 이미 한번 떠난 마음은 회사 일에도 열중하지 못하게 했고 그런 자기 모습이 싫은 남편은 2002년 4월 '서울에서 가깝고 아주 시골이 아닌 곳'으로 절충한 나의 제안대로 소읍으로 가족 모두 옮기기로 했고, 농사일을 전혀 모르는 남편은 '흙살림연구소'라는 친환경농업 단체에서 농사 실습을 하게 되었습니다.

시간이 지날수록 처음에 생각한 그 끝없을 것 같던 막막함이 많이 가시고는 있지만 여전히 도회지 습성을 버리지 못한 나는 매일 생각의 갈래가 교차하고 있습니다. 오전은 한없이 투명한 자연의 색깔과 공기가 좋기만 하고 오후에는 주어진 시간을 어찌할 수 없어 막연한 두려움에 떨기도 하지요.

남편은 가끔 말합니다. 자신의 손으로, 우리 부부의 손으로 건강한 먹을거리를 만들고, 우리가 살 집을 스스로 짓고, 우리가 입을 옷을 우리 스스로 짓는다면 사람으로서 가장 행복한 일 아니겠냐고. 또 가장 살 만한 시간을 마냥 기꺼워하며 사는 것 아니겠냐고.

또 말합니다. 남은 평생 동안 주어진 삶이 아니라 내가 이 땅에서 할 일을 스스로 찾아 자발적으로 사는 삶을 살아간다면 자신이 이 땅에 온 이유를 마음껏 누리며 살게 되는 것 아니겠냐고. 글쎄 아직 난 남편의 얘기를 온전히 다 이해하고 고개를 끄덕이는 것은 아닙니다.

도회지에서 오락만 하고 자기 자신만 아는 이기적인 아이들로 키우고 싶지 않은 나도 아이들만큼은 나 아닌 남을 배려하는 인성 깊은 아이로 키우기에 도회지보다 이곳이 훨씬 낫겠다는 생각은 합니다.

우리밀로 아이들 간식 빵을 만들어 먹이면서, 오락시간을 줄이고 함께 책을 읽거나 대화를 하거나 텃밭에 나가 아이들 이름표가 붙은 밭을 갈면서 땀을 흘리다보면 먼 훗날 아이들도 나무 한 그루, 풀 한 포기에도 다 의미가 있음을 느끼고 생명 있음에 경외감을 갖게 되지 않을까요. 그렇지 않을까요.

아파트 베란다에서 키운 베고니아는 주황빛 꽃이었는데 이사 온 우리 집 마당에서는 며칠 만에 제 색깔을 찾아 진홍색입니다. 그동안 예뻐해주고 사랑했지만 가두어놓고 고문했다는 생각이 듭니다. 얼마나 예쁘게 피어나는지요. 얼마나 건강미가 아름다운지요. 항아리들 사이에서 인기가 좋습니다. 장독대에 피어나던 봉선화처럼 매일매일 피어납니다.

오늘은 꽃가지 몇 개를 따서 늘씬한 와인잔에 꽂아 마루 탁자에 올려놓았더니 더 예쁘네요. 담 밑으로 피어나는 개망초는 또 얼마나 예쁜가요.

친정어머니께서 풀씨를 받는다고 낫으로 베어버린 것을, 맘씨 좋은 우리 남편은 땀을 뻘뻘 흘리면서 주워다가 키 작은 항아리에 물을 채워 꽂아놓습니다.

텃밭 너머 골목에서 재잘재잘 아이들 노는 소리도 정겹습니다. 아파트 12층 아래로 놀이터를 내려다보던 현기증은 이제 걱정하지 않습니다. 텔레비전 채널 중 한 곳을 통해 나오는 놀이터 감시 카메라로 확인하지 않고도 아이들이 노는 모습을 볼 수 있고, 인터폰 하지 않고도 담 너머로 고개를 내밀고 친구를 부릅니다.

"광일아, 학교 가자."

"알았다. 지금 나와."

아이들은 무리지어 학교로 가고, 옆집 멍멍이는 같이 가고 싶어 멍멍 짖어대며 발을 들고 야단입니다.

무엇보다 아이들이 우리 곁에서 머무르고 저녁 식탁에 앉아 손모아 기도할 수 있으니 이것으로 족합니다.

눈부시게 쏟아지는 햇살 속에서 우린 이제부터 새로운 땅갈기를 하려고 합니다. 봄이 다시 찾아오면 우린 아마 기꺼이 햇살을 즐겨 맞으러 온 이유를 되새기며 사랑하는 사람들을 모두 초대하여 천천히 음미하는 녹차 한 잔씩 대접할 수 있을 것만 같습니다. 우리를 사랑하는 많은 사람들에게 이제는 기쁨조로 한몫 할 수 있는 날만 있기를……

오늘밤엔 흰눈이 소복소복 내려 겨울 가뭄에 촉촉한 물기를 내려주었으면……. 처음 시골로 내려올 때의 순수한 마음을 변함없이 간직하며 언제나 저 하얀 눈처럼 살 수 있기를 기도합니다.

우리 모두 사랑하며 살기를……

우리가 가는 길이 후회 없는 선택이기를

늘 보고 싶고 늘 그리운 남편에게

　당신과 함께 맞이하는 열두번 째 향기로운 봄을 기다리고 있습니다. 프리지아 향기 폴폴 나는 노오란 봄이 빨리 왔으면 좋겠습니다. 며칠 전 시집올 때 해온 이불이 벌써 해져 홑이불을 바꾸면서, 아쉬움과 함께 12년 세월이 고스란히 아로새겨졌습니다. 처음엔 참 이뻤는데. 초록 바탕에 하얀 무릇꽃과 보랏빛 자운영꽃이 화사하게 피어 있는 내 고향의 봄을 이불에서도 늘 볼 수 있었거든요. 그렇게 예쁘던 이불이 이제는 낡고 바래서 어찌해야 하나요? 그래도 아쉬움이 남아 빨아서 개켜 장 속에 넣어두었습니다.

　12년, 그리 길지 않은 시간인데 벌써 해져버린 이불을 보며 그 속에서 흘린 눈물이 생각나 또 코끝이 매웠습니다. 그 예쁜 이불 속에서 참 많이도 울었습니다. 신행을 다녀오던 날부터 울기 시작해 왜 그렇게 멈춰지지 않던지요. 시댁 식구들한테 민망할 정도로 눈물이 나오더군요.

홀로 육남매를 키우신 어머니가 보고 싶어 울고, 시집 안 간 언니를 남겨두고 먼저 온 게 미안해서 울고, 보고 싶어 울고, 큰오빠 굵은 눈망울이 그리워서 울고, 막내동생 아까워 예식장에도 못 와본 큰언니 그 마음에 울고, 고모 시집가지 말라고 매달리던 조카 보고 싶어 울고, 여름날 마당 평상 위에서 모기 쫓으며 옛이야기 하던 그날이 그리워서 울고.

명절날 친정에 빨리 가고 싶은데 자꾸만 밀려드는 손님들 때문에 주저앉아야 하던 슬픈 새댁 시절이 있었습니다. 눈물을 감추려고 이불 속에서 펑펑 울고, 새 식구들과 적응하느라 울고, 설거지가 산더미 같아 울고, 출퇴근하면서 힘들어 울고, 입덧에 멀미하느라 울고. 뱃속의 아기를 원망하기도 하던 철부지 엄마 시절이 있었지요. 벌써 12년이 흘렀나요?

어린 각시 눈물 닦아주고 그 눈물 삼키다 따라 울던 당신 눈물까지 합쳐졌으니 이불이 해질 수밖에요. 그 뱃속의 아이가 오늘 여자 친구한테 너무도 예쁜 초콜릿을 받아왔네요.

빈 잔을 몇 번이나 들었다 놓으면서 커피잔이 왜 이리 작을까 생각합니다. 하루 종일 할말도 많고 보고 싶기도 하고 원망도 하고 다시 시작하고 싶고. 그런데 당신은 손님처럼 왔다가 아무 말 않고 가버려요. 그리고 다시 저녁에 올 당신을 기다리고 오늘도 그렇게 또 가버리고, 이야기 시작도 없고 끝도 없고 뭔가 안개에 둘러싸인 장막이 있는 것 같은데, 이젠 당신을 붙잡을 에너지도 없는데 처량하게 눈빛을 맞추려고 해도 그것마저도 안개 때문에 안 되고.

산속의 어느 분양사무실을 찾아갔다가 이미 분양이 완료된 빈 사무실을 보고 허둥지둥 나오다가 꿈인 줄 알았어요.

당신을 보내줘야 할 것 같은데 당신을 보내고 내가 타락할 것 같은 불안함 때문에 더욱 안간힘을 다해 붙들고 늘어지는 것 같아요. 당신도 그런 것쯤은 염두에 두고 가겠지요.

당신이 가버리고 나면 난 놀부처럼 딩가딩가 놀 거예요. 이 집을 내놓으려니 가슴이 아프네요. 작은 집으로 옮겨 살 생각 하니 가슴이 답답해서 죽을 것만 같구요.

보내기 전부터 타인처럼 느껴져요. 미움은 어디서 생기는 물질인가요? 이기적인 나? 우아한 당신? 아무래도 성분부터 다른 내쪽의 요소가 더 많은 것 같네요.

제발 가기 전엔 정을 떼놓고 가지 말았으면 좋겠어요. 의도적으로 날 멀리하나요? 떨어질 때 수월하긴 하겠군요. 당신이 가는 길이 후회 없는 선택이기를 빌게요. 모두 다 최선이겠지요.

사랑하는 아버에게

비가 오려나, 창밖이 우중충 꼭 내 마음 같네요. 나도 잘 모르는 내 마음, 당신이 어제 잘 집어주었지요. 말은 늘 그렇게 하지만, 계획은 그리 잘 그려놓기도 하지만 실은 나도 앞이 불투명하고 두려운 것은 사실이에요.

가족 걱정, 살림살이 걱정, 산다는 것의 걱정……. 그러나 내가 가려는 이 길이 분명 참답게 사는 길 쪽이라는 분명한 확신, 따뜻한 사람이 많은 온기 가득한 쪽이라는 한없는 신뢰, 이것뿐이에요. 그것이 지금 나를 지탱해주고 있는 가장 큰 무기일 뿐.

당신이 뭘 두려워하고 걱정하는지 잘 압니다. 그리고 그것이 내 걱정이기도 하구요. 좀 더 생각의 폭을 넓혀보면 산다는 것의 근본 문제, 아이들을 키우고 바른 인성을 갖게 하는 것의 근본적인 해결책은 무엇인가에 도달할 수도 있을 겁니다.

난 그것이 사람이 태어나고 또 죽을 때까지 의지해야 할 근본인 땅 가까이 가는 것이라는 소신에는 변함이 없어요. 당신이 걱정하는 생활비, 돈 문제도 조금만 욕심을 버리고 생태적인 삶을 영위하면 아무 문제도 되지 않는 것일 수도 있구요. 도회지에서 생긴 버릇, 습성, 관습으로는 해결이 안 되는 문제이지요.

사람의 한 평생, 어떤 그릇으로, 어떤 색깔로 사는가의 문제가 요즘처럼 크게 다가오는 때는 없어요. 매일 같은 모습으로 짜증내며 출근하여 똑같은 사람과 일상 속에서 내 의지와는 상관없이 시간을 보내고 생각의 낭비로 남은 생을 보낸다면 얼마나 무의미한 삶이 될까요.

생각 없이 주어진 시간을, 반생태적인 삶을 사는 사람에게는 아무 문제도 없이 다가오겠지만 나에겐 이미 그것이 엄청난 삶의 짐으로 무게로 다가오는군요.

이제 남은 삶이 그리 많은 게 아니에요. 한 20년. 이렇게 써놓고 보니 대학 1학년 때부터 지금까지가 꼭 20년이네요.

그래 30년이 더 남았다고 해도 지금과 똑같은 모습으로 그 남은 시간을 보낸다면 이 땅에 태어난 보람도, 의무도, 삶의 지향점도 아무것도 없다고 생각합니다. 삶을 한번 되돌아보고 우리 아이들에게 어떤 삶을 물려주어야 될지, 어떤 생각을 하며 살게 해야 할지 심각하게 생각해야 할 나이가 되었어요.

우리 지금까지 참 많이도 살지 않았어요? 자, 이제 좀 더 용기를 내고 욕심을 버리고 도회지의 끈들을 다 훌훌 벗어버립시다. 그러면 더 많은 것들이 우릴 기다리고 있어요. 지금 당장은 보이지 않지만 매일매일 충만한 삶에 기꺼워할 테니 나를 믿고 나를 따라 출발하자구요.

나보다 더 생태적인 삶에 목말라하는 당신임을 나는 알기에 당신의 그 두려움을 당신 자의적으로 해결한다면 나는 참 아름다운 우리의 삶의 시간들을 우리 앞에 놓을 수 있으리라 믿습니다. 그런 당신을 나는 믿습니다.

갈증에 목말라하는 대지에 곧 마음껏 빗방울 쏟아지리라는 내 예감에 하늘은 화답하실지……

조금씩 다가가다보면

요사이 봄날처럼 따뜻합니다. 개나리 진달래가 아마 깜짝 놀랐을 것입니다. 놀란 건 어디 꽃뿐일까요? 겨울잠 자던 개구리 곰돌이 뱀들은 아마 땅속에서 우왕좌왕 난리가 났을 것입니다.

어릴 적 후드득 소나기가 지나가면 낮잠 잔 동생을 놀리느라 큰오빠는 서둘러 나를 깨웁니다.

"막내야! 학교 늦었다. 빨리 일어나라."

부스스 눈 비비며 일어나보면 해는 앞산에 붉게 물들어 아침햇살처럼 환하게 비추어서 학교에 늦었다고 대성통곡하고 울던 기억이 납니다. 대충 가방만 들고 후닥닥 뛰어가면 뒤에서 오빠가 달려옵니다. 속은 게 억울해 두 다리 뻗고 울면 오빠가 냉큼 업고 집으로 가던 기억이 있습니다.

오늘이 꼭 그렇습니다. 오늘 저녁나절에 살짝 다녀간 이슬비는 마음까지 설레게 합니다. 누군가 다녀갈 것 같고, 누군가 소식이 올 것 같고,

누군가 보고 싶다고 속삭일 것 같고, 누군가와 창 넓은 찻집에서 차를 마시고 싶고, 누군가와 뽀얀 안개 걷히는 호숫가를 천천히 걷고 싶은, 이슬이 촉촉히 묻어나는 날입니다.

나는 아직도 소녀인데 벌써 내 나이는 나를 넘어서 저 멀리 가 있어 완전히 타인처럼 느껴집니다.

얼마 전 고등학교 동문 카페에 들어가서 회원정보를 눌렀더니 글쎄 내 나이가 서른일곱으로 적혀 있습니다. 어머나! 나이가 잘못 돼 있네? 하고 생각하니 벌써 해가 바뀌어 컴퓨터가 알아서 고쳐놓은 것입니다. 사실 난 한치의 오차도 없는 이런 기계가 정말 맘에 안 듭니다. 내 생일이 지나거든 고쳐놓으면 안 되겠느냐고 통사정을 해봐도 이놈의 기계는 인정사정 안 봐주고 고집불통입니다.

뒤로 물러설 줄도 모르고 융통성도 없고 인정머리도 없는 기계만 탓하다가 카페주인인 친구에게 메일을 보내서 화풀이를 합니다.

"네가 내 나이를 고쳐놓았니?" 하고는 다시 고쳐달라고 아닌 떼를 써봅니다. 그래도 화가 풀리지 않아 나온 입은 삐뚤어지고 하루 종일 심사가 편치 않습니다.

얼마 전 한국인의 평균수명에 관한 기사를 신문에서 보았습니다. 여자는 79.2세, 남자는 71.7세. 그러니 생의 중간 나이는 여자가 40세, 남자가 37세입니다.

몇 년 전 남편이 "내가 벌써 꺾어진 칠십이야." 하는데 내가 웃었습니다. 그땐 내 나이 서른을 갓 넘긴 새댁이었기 때문에 나이에 대해 별

농사를 지으며 햇살의 소중함을 절실하게 실감합니다. 아침저녁으로 쌀쌀해지고 도망가는 저녁 햇살을 붙잡고 싶어집니다. 마지막 갈무리 잘 해서 내년엔 자연의 이치를 더욱 마음 깊이 새기고 알찬 수확으로 더 많은 사람들과 나눌 수 있기를 소망합니다.

다른 느낌이 없었습니다. 아직 젖먹이 아이가 말똥말똥 눈 맞추며 내 가슴에 안겨 희망만 주고 있었기 때문입니다.

이제 어느새 남편은 고갯마루를 지나 몇 발짝을 옮겨놓았고 나는 사십 고갯길을 헐떡이며 쫓아가고 있습니다.

평균수명에 다소 차이는 있지만 나이 사십은 이 세상에서 가장 많은 나이라고 합니다. 인생의 반환점이 되기고 하고, 목표점을 향해 가속도를 내야 하는 숨이 껄떡껄떡 막히는 시점이기도 합니다.

굳이 평균수명을 따지자면 내 반환점은 사십입니다. 그때까지 남은 삼 년이란 시간은 어찌 보면 길지도 짧지도 않은 시간입니다. 길게 잡으면 삼 년이란 시간은 내게 알빵(알차다는 뜻의 사투리) 같은 시간일 수 있습니다.

작은아이가 내 치맛자락을 놓고 독립하는 나이가 됐고, 큰아이는 청소년의 대열에 들어서는 나이가 됩니다. 그동안 미룬 공부도 해야겠고, 틈틈이 조각보도 만들어 좋은 님들 모시고 전시회도 한번 열어보고 싶고, 귀농해서 살아갈 의식주를 내 손으로 해결할 수 있는 귀한 방법들을 하나씩 배워가야 할 것입니다.

그런데 며칠 전 내 나이를 보고 놀라 자빠진 것은 그동안 생각 없이 시간을 낭비해버린 내 반성일 것입니다.

조급하게 생각하면 이 귀한 시간들을 허둥대다 잃어버릴 것입니다. 천천히 걸아가야 할 길입니다. 마음을 다스리기 위하여 요즘 예절원에서 다도를 하고 있습니다. 좋은 님들과 전통음악을 들으며 차를 나누고, 차의 역사를 배우며 행다례를 익힙니다. 올해 열심히 배우면 사범 과정을 마치게 됩니다. 죽을 때까지 계속하고 싶은 수업입니다.

남편의 귀농 열기 때문에 마음고생을 조금 했더니 올해는 아무것도 두렵지 않습니다. 이제는 언제 간다고 해도 보내줄 수 있을 것 같습니다. 다만 준비된 귀농, 튼튼한 귀농이 될 수 있기를 간절히 기도할 뿐입니다. 자연과 함께하는 삶이 행복한 여정이 될 수 있도록 마음 다지고 조금씩 조금씩 자연으로 다가갈 일입니다.

서른일곱, 사랑과 희망과 용기로 살아온 어제까지의 삶이 디딤돌이 되어, 사랑으로 가득한 세상을 다시 열어갈 일입니다. 아무것도 두렵지 않은 든든한 나이임이 틀림없습니다.

행복은 저녁노을과 같다고?

긴 목 드러내놓고 솜털 속에 그 웃음을 감추고 있는 목련화가 참 예쁩니다. 가녀린 산수유보다 더 화사하게 웃고 있는 민들레를 닮으려고 웃어보지만 그것도 쉬운 일만은 아닙니다.

봄은 기다려도 오고, 기다리지 않아도 온다고 했습니다. 다만 준비하고 기다린 사람에게는 따뜻한 온기가 느껴질 것이고, 그 온기를 느껴보지도 못하고 보내야 하는 사람에게는 김삿갓처럼 왔다 갈 것입니다.

아직 손때도 묻지 않은 겨우 장만한 집을 부동산에 내놓고 저녁 내내 서운하여 밥맛까지 떨어져 입안이 까칠합니다.

얼마나 좋았던가? 얼마나 행복했던가?

추운 겨울날 이사를 하면서도 하나도 춥지 않던 기쁨을 한순간에 날려보내야 합니다. 그날 애지중지하던 화분의 난들이 다 얼어 죽었지만, 7년을 기른 벤자민 화분이 얼어 죽었지만, 마루에 내려앉은 햇살이 고마웠고, 감사했습니다.

백년 된 항아리가 깨져서 안타까웠지만 그날 밤 달콤한 꿈속에서 강화도 어딘가에 땅을 사는 꿈을 꾸었는데, 오늘을 예시하기라도 한 것처럼 우리는 이 아름다운 집을 팔고 시골로 내려가야 합니다.

아무 일도 없는 것처럼 텃밭에 씨를 뿌리고, 모종을 심고, 물을 주고……. 아무 일도 없는 것처럼 집안청소를 하고, 차를 마시고, 그리운 사람들에게 메일을 보내고……. 아무 일도 없는 것처럼 이불 빨래를 하고, 자질구레한 살림살이를 정리해서 재활용 쓰레기로 버리고……. 아무 일도 없는 것처럼 자전거를 타고 시장을 봐오고, 저녁 식탁을 차리고……. 아무 일도 없는 것처럼 서당에 가서 한자 공부를 하고, 예절원에 가서 다도를 하고……. 아무 일도 없는 것처럼 베란다에 앉아서 예전처럼 꽃기차가 지나가는 걸 바라보다가, 해질녘 서쪽 하늘에 걸친 붉은 노을이 갑자기 목에 걸려 울음을 토해내고 결국 뜨거운 물이 목구멍을 막아 꺽꺽거립니다.

아무 일도 없는 것처럼 내일도 그렇게 아침 해가 뜨고 저녁노을이 질 것입니다. 누가 그랬던가요? 행복은 저녁노을과 같다고. 늘 같은 크기로 떠오르고, 늘 그 모습으로 지건만 그 귀한 모습을 보는 사람에게는 행복이 머물고, 못 보고 지나치는 사람에게는 토끼걸음을 합니다.

무서운 꿈을 꾼 아이처럼 아침이 오기를, 저 깊은 안개를 밀어내고 희망찬 햇살이 떠오르기를, 새벽녘 이불 속 기도가 애절합니다.

그런데 갑자기 컴컴해지더니 소낙비가 쏟아집니다. 오늘은 소나기가 선물처럼 느껴집니다. 메마른 대지에 목숨 같은 생명줄을 내려주시니 얼마나 감사한지요. 요즘 주변 사람들에게 너무나 큰 사랑을 받고 있음을 느낍니다.

귀농 후 내가 두려워하는 부분에 대해 옆에서 좋은 일만 있을 거라고 격려해주시고, 헤어짐에 아쉬움을 담아 선물을 보내주시니, 부끄럽고 고마워서 눈물이 나옵니다.

시골살이에 꼭 필요한 챙 넓은 모자를 사가지고 온 친구들이 고맙고, 내가 좋아하는 옛날 물건 중에 무거운 맷돌을 얻어다 준 앞집에 사는 새댁도 고맙고, 무거운 마음 털어버리라고 마구 찢어진 청바지를 사서 입혀준 초등학교 친구가 고맙고, 멀리 하동에 가서 햇차 사다가 나누어준 예절원 언니들과, 녹차소금을 선물로 주시면서 처음부터 눈여겨보셨다며 다도를 하면 너무 예쁠 것 같아 기대를 많이 하셨다는 예절원 원장님의 격려가 너무도 고맙습니다.

친구처럼, 언니처럼, 때로는 선생님처럼, 하루라도 만나지 않으면 몸살이 날 정도로 가까이 지내던 글라라 언니는 15단 묵주를 가지고 왔습니다. 어려울 때마다, 기쁠 때마다 하느님께 말씀드리고 기도드리라고요.

손전화 사준다는 큰아이 친구 엄마들에게는 선물을 사양해야겠습니다. 시골뜨기 전업주부에게 손전화는 너무 사치품처럼 느껴집니다. 통신요금도 부담스럽고요. 고마운 마음만 받고 사랑은 마음속에 담아 가렵니다.

오래오래 기억하며 님들의 향기 맡으며 살겠습니다. 우리 집 우체통이 불이 나도록 좋은 소식들 들려주셨으면 좋겠습니다. 항상 넘치는 사랑, 과분한 사랑에 감사드립니다.

음성 집 뜨락에도 선물처럼 소나기가 내렸겠지요? 남편 먼저 내려간 음성 집 수다쟁이 참새들이 보고 싶어집니다.

네 발 달린 지팡이

유모차를 밀고 다니시는 할머니들을 자주 보게 됩니다. 분명 아이가 없는 유모차를 밀고 다닙니다. 낡은 유모차가 할머니들의 지팡이를 대신해서 천천히 굴러갑니다. 너무 가볍지 않게 아이 대신 물건들을 싣고 굽은 허리를 지탱해줄 유모차에 몸을 맡깁니다.

젊은 날의 고된 노동은 이제 훈장처럼 펴지지 않는 허리를 더 이상 세우지도 굽히지도 못한 채 45도 각도로 굳어졌습니다. 어떤 분은 아주 90도 각도로 허리가 굽어서 잠시 가던 길을 멈춰 서서도 하늘을 쳐다봐야만 지나는 사람을 볼 수가 있습니다. 얼마나 많이 노동을 했기에 저토록 허리가 굽으셨을까요?

할머니의 유모차는 아직도 경제적 수단의 도구이면서 할머니의 발입니다. 골목을 다니거나 상점 앞을 지나다가 박스며 빈 병을 모읍니다. 담장도 없는 할머니의 집은 재활용센터입니다. 온갖 박스와 신문지, 빈 병과 고철 등으로 가득합니다. 돈이 될 수 있는 것은 무엇이든 할머니의 유모차에 실립니다. 자식들 변변히 가르치지 못했으니 손을 벌릴 수도 없고 오직 그 자식새끼들과 잘 살아주는 것이 할머니의 최선의 뒷바라지요 소망입니다.

매주 금요일이면 여성회관 앞에는 노인들의 발걸음이 바쁩니다. 여성단체에서 독거노인들에게 따뜻한 점심을 대접해드리기 때문입니다. 노인이면 누구나 따뜻한 점심 한 끼를 드실 수 있습니다.

아들한테 용돈 많이 받으신 할머니가 허리춤 휘두르며 한 턱 쏘는 점심도 아니고, 땅값 올라 부자가 된 영감탱이가 으스대며 사는 갈비탕도 아닙니다. 그냥 속 편하고 뒤통수 가렵지 않아 좋으니 이보다 맛있는 점심은 없습니다. 누군가 사정 얘기 하지 않아도 그렁그렁 눈물이 젖어드는 반씨 할머니도 계시고, 젊었을 때는 영화배우 뺨치게 예뻤다는 손씨 할머니도 계시고, 지금도 백구두만 신고 다니시는 멋쟁이 양반 허씨 할아버지도 계십니다.

눈치 볼 것 없으니 무엇보다 좋습니다. 아침을 거르고 조금 일찍 가서 기다리는 할머니도 계십니다. 점심시간은 12시인데 10시부터 회관 로비에는 몇몇 할머니들이 웅성거립니다. 그도 그렇겠지. 어젯밤도 찬물에 밥 말아먹고 무슨 기운이 남아 오늘 점심까지 버틸 수 있을까요?

이마에는 땀이 줄줄 쏟아지는데 자원봉사자들의 손놀림이 더 빨라집니다. 꼬박꼬박 일주일을 기다리시는 할머니들의 속내를 누구보다 잘 아는 사람들이기 때문에 마음이 더 급합니다.

그나마 이곳 회관까지 걸어 나올 수 있는 할머니는 행운입니다. 자리에 누워서 한 발짝도 못 움직이고 누워서 동네 사람이나 자원봉사자들의 손길을 기다려야만 하는 노인도 많습니다.

이런 분들을 위해 차량 도우미를 해주시는 분도 있습니다. 이 땅의 노인들은 모두 우리들의 부모이며 우리들의 할머니고 할아버지시며 미래의 우리입니다.

더 이상 두 다리로는 설 수가 없어 유모차에 의지한 몸이지만 세상살이 구경도 하고 자꾸만 굳어가는 삭신을 움직여주는 운동도 할 수 있으니 얼마나 다행인가요?

유모차는 어려서도 타고 이제 더 이상 말을 듣지 않는 다리를 대신하는 지팡이로도 쓰니 우리들의 평생 친구임이 틀림없습니다. 요람에서 무덤까지라는 말처럼 튼튼하고 씩씩한 시절을 빼면 항상 우리 곁에 있어야 할 긴요한 도구인 셈입니다.

어제는 장날이라 외부에서 온 차들도 많고 사람도 많았습니다. 앞서 가시던 할머니가 차와 계단 사이를 빠져나가려다 뒤로 돌아가려 합니다. 눈치를 보고 할머니의 유모차를 들어서 앞으로 놓아드리니 연신 고맙다고 인사를 합니다. 조금만 장애물이 있어도 넘을 수가 없는 노인을 만날 때 그분이 먼저 지나갈 수 있도록 배려해주는 마음. 내가 뭔가 큰일이라도 한 것처럼 할머니께 목례를 하고는 가벼운 발걸음으로 시장으로 갔습니다.

신문에서 겨우 다섯 발자국 차이라는 광고를 본 적이 있습니다. 지나던 두 청년 중 한 청년이 아이 유모차를 번쩍 들어서 옆으로 놓아주는 멋진 장면입니다. 잠깐 스치는 사이인데 십년지기보다 따뜻한 마음이 오고 갑니다. 누군가를 배려할 때 행복한 웃음, 넉넉한 마음이 우리 곁에 머무를 것입니다.

오늘도 아이 없는 유모차에 박스랑 빈 병이 많이 실렸으면 좋겠습니다. 할머니의 끼니가 되고 남으면 손주들 사탕거리도 되도록. 할머니의 담장 없는 마당에 산처럼 쌓이기를……

청보리 공부방 아이들

12년 만에 찾아온 더위가 이곳 시골 마을의 청보리 공부방에도 기승을 부립니다. 다섯 평 작은 방에 아이들 스무 명이 선풍기 두 대에 기대어 공부합니다. 낮은 탁자에 작은 모둠으로 앉아서 공부를 합니다. 매일매일 다른 프로그램으로 방학숙제도 하고 종이접기도 하고 영어 공부도 하고 그림도 그리고 동화도 읽고 간식도 만들어 먹고 저녁까지 엄마 아빠를 기다립니다. 모두 시골에서 힘들게 살아가는 아이들을 위해 무료봉사로 공부방을 열었습니다.

그늘만 막았을 뿐 체감온도는 40도쯤 되는데 아무 보수도 없는 공부방 선생님을 자청한 선생님들이 너무 고맙습니다. 마음 따뜻한 선생님들 아래서 숨죽이고 서러운 아이들이 하루하루를 채워나갑니다.

특별이 반겨주는 사람도 없고 맛있는 간식도 없는 집보다는 공부방에 있는 것이 즐겁습니다. 서로 싸우고 다투는 일 있어도 크게 나무라지 않고, 그림 좀 못 그려도 지난번보다 잘 그렸다고 칭찬해주시는 선생님들의 따뜻한 말씀을 먹고 아이들은 숨을 쉽니다. 실내온도 30도를 웃도는 공부방에서 따뜻한 점심을 먹을 수 있고, 매일매일 메뉴가 다른 간식시간도 기다리면서 공부하다보면 방학이 자꾸만 짧아집니다.

6학년 민주부터 세 살 현주까지 같은 또래도 있고 언니도 있고 동생도 많습니다. 서로 양보해야 하고 사랑해야 하고 싸움도 말려야 하고 자기가 맡은 곳을 청소도 해야 하고 동생들이 보고 난 책들도 제자리에 꽂아놓아야 합니다. 하나 둘 엄마를 따라 가버리고 나면 몇 명 남은 친구들끼리 마당에서 공놀이도 하고 도서관에서 책도 보고 빨리 못 오는 엄마 아빠를 기다리며 늦은 저녁노을을 바라봅니다. 오늘은 비가 오려는지 붉은 노을이 없습니다. 하얀 뭉게구름도 없습니다.

세영이는 오늘따라 집에 가기 싫은가 봅니다. 세영이는 요즘 엄마 아빠가 싫답니다. 매일 동생만 예뻐하고 자기 말을 들어주지도 않는 엄마 아빠가 밉기만 하답니다. 공부방 선생님이 억지로 세영이를 나에게 딸려 집으로 보냅니다.

세영이와 함께 걷습니다. 세영이는 느릿느릿 발걸음을 옮깁니다. 같이 양산을 쓰고 세영이와 어깨동무를 하고 덥지만 최대한 가까이서 세영이의 보폭에 맞춰 걸으며 이야기합니다. 세영이에게 화가 많이 나냐고 물었더니 어떤 때는 죽고 싶다고 합니다. 나도 어렸을 때 많이 슬펐고 많이 화가 났다고 얘기하니까 세영이가 눈을 동그랗게 뜨고 나를 바라봅니다. 요즘엔 많이 웃고 씩씩하지만 내가 세영이만 할 때는 슬픈 일이 더 많았다고 고백합니다. 그리고 그럴 때마다 일기를 썼다고 얘기

다섯 평 작은 방에 청보리 아이들 스무 명이 작은 모둠으로 앉아서 공부를 합니다. 모두 다 서러
움만 있을 것 같은 아이들이지만 서로 보듬어주고 양보하고 믿어주며 씩씩하게 커가는 아이들이
참 대견합니다.

해주고 세영이도 그러면 좋겠다고 했더니 세영이는 고개를 내젓습니다. 아무것도 신나는 일이 없고 집에도 가기 싫은 세영이의 어깨를 꼭 잡아주는 일 말고는 내가 할 수 있는 일이 없습니다. 이제 막 사춘기에 접어드는 세영이의 시선에 새엄마와 아빠의 모습은 이유 없이 싫어질 것이고, 귀염둥이 동생이 태어나면서 아마도 세영이는 마음고생이 더 심해졌을 것입니다. 그러나 어찌하랴. 세영이가 깨고 일어서야 할 것을. 알을 깨고 나와야만 이 세상을 힘차게 걸어 나갈 수 있으니 우리는 곁에서 지켜봐주는 수밖에.

아이들이 하나 둘 집으로 가고 제일 큰언니 민주는 세 살 현주를 업고 현주 엄마를 기다립니다. 공부방 선생님의 장녀로 태어나 언제나 양보해야 하고 너그러워야 하고 큰언니 역할을 해내야 하는 민주도 안타깝습니다. 두 동생 동진이와 지현이 말고도 스무 명이나 되는 동생들과 늘 함께 해야 합니다. 집은 온통 아이들의 놀이터고 먹는 것도 그 애들과 똑같이 먹어야 하고 그 애들이 돌아갈 때까지 엄마 아빠의 시선을 놓아주어야만 합니다. 사춘기 소녀가 투정부리거나 가족들과 산책 한 번 할 수 없는 처지지만 싫다고 말할 수도 없는 민주는 더 안쓰럽기만 합니다. 아마도 민주는 이 다음에 아주 훌륭한 시인이 될 것입니다.

아이들이 수박화채를 만듭니다. 쟁반에 수박을 나누어주고 조장인 언니들에게 칼을 주고 작은 아이들에게는 숟가락을 주고는 서로 협동해서 화채를 만들도록 하니 모두 신이 났습니다. 작은 아이들이 동글동글 떠낸 수박과 큰언니들이 깍두기처럼 썰어낸 참외를 섞어 화채를 만듭니다. 자신들이 만든 화채라 더 맛있습니다. 모두 다 한 그릇씩 비우고 한 그릇 추가요! 잘 팔립니다.

설거지도 신납니다. 이 공부방에선 설거지가 제일 즐거운 신선노름입니다. 너무나 더워서 방에서 아이들과 공부하는 것보다는 차라리 차가운 물로 설거지하는 게 놀기나 마찬가지입니다.

날씨가 더우니 조금만 부닥쳐도 화를 버럭 냅니다. 그러면 약속이나 한 것처럼 달려들어 둘 다 잘못했다고 타이릅니다. 눈물 삐질삐질 흘리고 서러워도 금세 친해집니다. 아이들만큼 영혼이 맑다면 이 세상 아무 것도 문제될 게 없습니다. 참아내고 양보하고 서로 살을 부대끼며 살아가는 아이들이 있어 행복한 공부방입니다.

이 더위를 이겨내고 찬바람이 불면 아이들은 한 뼘 더 자라 있고 한 발 더 가까워져 있겠지요.

세 살배기 현주도 "우리 엄마 언제 와?" 하는 소리를 더 또박또박 하겠지요. 그러면 일하러 간 엄마 대신 세 살배기 현주와 여섯 살 준형이를 맡은 아홉 살 된 미주는 어깨가 좀 가벼워질까요?

이 긴 여름이 지나면 미주네 삼남매도 부쩍 자라 있겠지요. 그러면 하늘나라에서 받는 아빠의 손전화는 좀 덜 서러울까요?

술주정뱅이 아빠 대신 혼자서 집을 지키고 살아가던 수연이는 청소년 보호시설에서 빨리 집으로 돌아올 수 있을까요? 내일은 수연이네 집을 청소하기로 했습니다. 수연이가 돌아와서 아빠랑 다시 살아갈 수 있도록 아무도 없는 빈집을 청소해놓기로 했습니다. 수연이가 들고 다니던 가방도 빨아놓고 실내화도 빨아놓고 연필도 깎아놓아야지. 꿈에서라도 엄마를 만나고 싶은 수연이가 방학 마치고 학교 갈 때에는 가벼운 마음으로 깡충깡충 뛰어갈 수 있도록.

모두 다 서러움만 있을 것 같은 공부방 아이들이지만 서로 껴안고 양보하고 믿어주며 커가는 씩씩한 아이들에게 박수를 보냅니다.

더운 날 돌쟁이 아기 안고 와서 아이들 공부 봐주는 서울 새댁도 고맙고, 어리광쟁이 유미와 보미 데리고 와서 아이들 맛있는 밥 해주는 솜씨 좋은 보길이 아줌마도 고맙고, 멀리 청주에서 와 아이들 숙제 꼬박꼬박 챙겨주는 집사님도 고맙고, 아이 셋 키우기도 버거운데 틈나면 공부방에 들러 아이들에게 동화 읽어주는 현주 엄마도 고맙고, 하루도 빠짐없이 아이들 엄마 돼주고 언니 돼주고 선생님 돼주는 공부방 지킴이 김선아 선생님이 너무나 고맙습니다. 아이들 하루 한 끼라도 굶을까 봐 맘 졸이는 정말 예쁜 선생님입니다.

선생님과 아이들 얘기를 하다가 눈이 퉁퉁 붓도록 울어버린 날도 있습니다. 작은 힘이라도 보태려고 밭에서 오이 열리면 오이 따 가고 아욱이 좋으면 아욱 뚝뚝 끊어 가고 호박 열리면 송송 썰어서 부침개로 아이들 간식 해주면 얼마나 맛있게 먹어주는지 솜씨 없는 이 아줌마도 한껏 주가를 올릴 수 있는 공부방이 나는 좋습니다.

자주 들여다볼 수 없지만 마음은 나도 늘 공부방에 가 있습니다. 나의 어린 시절과 닮은 아이들이 많기에. 그리움으로 목말라 있는 아이들이 기다리기에.

담벼락 아래 아욱이 나풀거릴 때

문 닫아걸고 먹는다는 아욱국이 제철을 맞았습니다. 여름내 아욱국 실컷 먹어서 한동안은 먹고 싶지 않았는데 이제 찬바람이 나니 절로 남의 집 담벼락 밑에 있는 아욱을 보고 침을 흘립니다. 우리 집 옆으로 낮은 슬레이트 지붕의 개인주택이 있는데 할아버지 할머니가 오순도순 사시는 모습이 부럽습니다. 여름내 접시꽃을 피워 담장을 예쁘게 장식하더니 장마가 끝나자마자 담 밑으로 아욱이랑 부추를 키워내는데 어찌나 예쁜지 꽃보다 아름답습니다.

접시꽃은 워낙 키가 커서 줄을 매주어야 합니다. 할머니가 줄을 붙잡고 할아버지는 의자를 놓고 아슬아슬하게 올라서서 튼튼하게 줄을 매줍니다. 한참을 서서 쳐다보았습니다. 참 평화롭습니다.

초록 대문 앞에는 어디서 주워 온 의자 두 개가 항상 놓여 있습니다. 하나는 주인 할아버지 의자고 하나는 이웃집 할아버지 의자입니다. 아침 일찍부터 그곳에 앉아 오가는 사람들 바라보며 소일을 하십니다. 가

246

끔씩 할머니가 딸그락거리는 소리가 요란하면 이웃집 할아버지는 소리 치십니다.

"아줌니, 더운디 암것도 하지 마슈! 암것도 안 먹을랑께!"

그렇게 앉아 지나는 사람들, 차들 바라보시면 오후엔 시장하시고 입이 궁금하실 텐데 옆집 할머니 애쓰시는 모습이 안타까워 소리소리 지르며 말리십니다.

아파트마다 노인정이 있고 시원한 에어컨과 선풍기가 있어 시원하지만 이곳은 개인주택이 몇 집 안 되는 데다가 근처에 빌라가 생기면서 더 낮게 느껴지고 차만 많이 늘어서 골목이 아주 분주해졌습니다.

두 분이 얼마나 부지런하신지 담 밑으로 채마밭을 일궈 봄부터 가을까지 부추를 길러 잡수시고 그 사이사이로 아욱 씨를 뿌려 벌써 밑 잎은 다 따서 잡수시고 탐스런 새잎이 나풀나풀 예쁩니다. 자식들 다 키워 밖으로 내보내시고 두 분이 친구처럼 사십니다. 장날이면 할아버지는 카트를 끌고 다섯 걸음 앞서 가시고 할머니는 조용히 뒤를 따라 장구경 가시는데 돌아올 때 보면 몇 개 안 되는 생필품이 담겨 있습니다.

몸에 밴 근검절약은 그 바구니가 잘 말해줍니다. 읍내에 커다란 마트도 몇 있지만 카트가 넘치도록 물건을 사 나를 일도 없기 때문입니다. 어쩌다 그분들을 지켜보고 있으면 하루가 마흔여덟 시간쯤 되는 것처럼 느껴집니다. 그도 그럴 것이 급할 것이라곤 하나도 없습니다. 요즘 사람들처럼 컴퓨터에 매달리지도 않고 어디든 매달려 따라가는 손전화도 없고, 차를 타고 어디를 쌩쌩 달려갈 일도 없기 때문입니다.

할아버지네 지붕엔 큰 접시도 달려 있지 않으니 밤새도록 틀어주는 위성방송도 없습니다. 반질반질 윤이 나는 장독대가 있고 마당 한켠으로 작은 화단이 있고 마당 가운데 화덕에는 반짝반짝 빛나는 양은솥이 걸려 있습니다. 초록 양철 대문을 싸고 있는 장미넝쿨이 지붕처럼 서 있습니다. 콘크리트 담장보다 더 높이 붉은 접시꽃이 피어나고 철마다 다른 꽃들이 피고 지고 할아버지 할머니와 살아갑니다.

공원에는 좋은 잔디구장으로 게이트볼 연습장도 있지만 옆집 할아버지는 대문 앞만 지키십니다. 오십 년쯤 된 은행나무 그늘 아래 햇빛 바라기 하며 수정산 등산로를 오르내리는 사람 구경으로 시간을 보내십니다.

할아버지 할머니의 젊은 날은 어디쯤일까요? 지금은 짧은 파마머리인 할머니는 긴 머리로 쪽을 지고 시집오셨을까요? 할아버지의 자전거 뒤에 팽팽하게 묶인 고무 바처럼 지난날도 그렇게 힘겹게 단단하게 사셨을까요?

하얗게 서리 내린 할아버지 머리 위로 고추잠자리가 저공비행을 합니다. 잠자리도 편안한가 봅니다. 흰머리라고는 하나도 보이지 않게 새까맣게 염색을 한 할머니와는 너무나 비교가 됩니다. 얻어 온 사과를 나누어드리려고 가져갔더니 머리를 절레절레 흔드십니다. 치아가 없어서 사과는 못 잡수신답니다.

우리의 부모님들은 대부분 치과에 가는 일은 엄두도 못 내고 살아가십니다. 당신의 몸이 어디가 안 좋아도 그냥 버티십니다. 아무것도 가진 게 없어도 자식에게 내어줄 것이 없을까 고민하십니다.

사과 좀 내드리고 아욱 한 줌 얻어먹으려는 내 속셈이 어긋나버렸지만 내 고향집 어머니께서 끓여주시던 아욱국의 향기는 쉽게 접어지지 않습니다. 할아버지네 담장 밑에 나풀거리는 아욱을 볼 때마다 침이 꼴까닥 넘어갑니다.

정이 넘치는 풍성한 나눔

며칠 전 서울시와 '아름다운 가게'에서 100만 점이나 되는 물건들을 내놓고 벼룩시장을 열어 시민들에게서 큰 호응을 얻었다는 기사를 보았습니다. 매일 우울한 기사뿐인 요즘 신문에 참 신선했습니다.

'재사용과 나눔의 대축전'이라는 주제로 지상 최대의 한마당 장터를 이뤘다고 하니 함께 참여하지 못한 아쉬움이 큽니다. 나에게는 남거나 필요 없는 물건이 남에게는 꼭 필요한 것이 될 수 있습니다.

시골에 내려와 살면서 나에게도 돈으로는 절대 살 수 없는 소중한 경험이 많습니다.

먼저, 초보 농부에게 제일 막막하고 아쉬운 종자를, 그것도 튼실한 것들만 골라 나누어준 귀농 선배의 은혜를 잊을 수가 없습니다. 돈 주고도 쉽게 구할 수 없는 토종 종자를 봉지봉지 싸서 이름표를 달아주신 그 정성과, 언제 어느 시기에 씨앗을 뿌려야 하고 수확해야 좋은지 아예 생산 일지까지 보여준 고마운 분이십니다.

그분에게 내가 빚을 갚을 길은 '부지깽이도 덤벙인다' 는 바쁜 철에 짬을 내서 농사일을 돕는 것. 그 토종 종자 중에 오이씨는 초보 농군에게 기대 이상으로 많은 수확을 주었습니다.

서울에서 내려오는 손님들마다 차 트렁크 가득 실려 보내고도 남아 오이지를 담고 오이피클을 담아 친구들과, 선생님과, 그동안 우리를 응원해준 많은 사람들과 나누어 먹을 수 있었습니다.

또, 이웃하고 있는 제월학교에 오이를 한 상자 갖고 갔더니 너무 반가워하며 감잎차를 나누어주었습니다. 여름내 찜통 같은 교실에서 쪄서 말린, 몸에도 좋은 감잎차를 받아 들고 서로 나누는 고마운 마음에 뙤약볕 더위도 잠시 물러갔습니다.

감잎차를 마실 때마다 더운 날 그들 부부가 찜질방보다 더 뜨거운 교실에서 흘렸을 땀방울을 생각하며 아껴서 마십니다. 가게에서 돈 주고 샀으면 이런 맛이 느껴졌을까요?

며칠 전에는 햅쌀 한 가마가 들어왔습니다. 농업고등학교 선생님께 추석 때 개량 한복을 한 벌 해드렸더니 농사지으신 쌀을 한 가마 보내오셨습니다. 정성으로 지은 옷이라 값으로는 매길 수가 없어 이미 물물교환으로 약속한 터.

태풍 '매미'가 휩쓸고 간 흔적은 선생님의 과수원에도 피해를 남겼습니다. 여름내 땀 흘려 애지중지 키워온 사과는 흠집이 생겨 상품으로는 낼 수가 없습니다. 선생님은 그 맛있는 사과를 덤으로 나눠주시면서도 미안해하십니다. "내가 좋은 걸 못 줘 미안햐." 하십니다. 껍질째 먹는 사과를 도회지 어디에서 안심하고 맛볼 수 있단 말입니까?

옆집에 사는 큰아이 친구의 엄마는 가끔 비닐 봉투에 든 오이지랑 파, 무, 배추들을 우리 집 담장에 몰래 얹어놓고 갑니다. 시부모님에 시할아버님까지 모시고 사는 그이랑 내가 나누는 것은 차 한잔 마시며 그이의 어려움을 들어주고 함께 수다 떨기. 그이에겐 수다 떠는 그 시간이 휴식이리라.

우리 동네 유일한 구멍가게 강원상회는 할아버지, 할머니들의 휴식처입니다. 이제 나눔의 미덕은 구멍가게까지 진출했습니다. 주인 할머니께 우리 집 텃밭에 늦게 나온 총각무와 열무를 가져가라고 말씀드렸습니다. 내일쯤 그 할머니는 우리 아이들 아이스크림 하나씩 들고 나타나 푸성귀를 솎아 가실 것입니다.

각자의 집에서 나는 농작물을 나눠 먹는 일 말고도 비싼 농기계를 빌려주고 빌려 쓰는 일은 더없이 반가운 일입니다. 한두 푼 하는 것도 아니어서 쉽게 구입할 수도 없거니와 농기계는 조작이 서툴러 애를 먹습니다. 손으로 할 수 있는 일을 대신 해드리고 농기계가 필요한 일은 도움을 받습니다. 전문가인 그분들의 품삯이 한참 높겠지만 그것을 계산해서 받는 사람은 아무도 없습니다. 오히려 첫 농사 힘드니 쉬엄쉬엄 하라고 용기까지 한아름 보태주십니다.

이 모든 일들이 지역 안에서 자연스럽게 이뤄지고 함께 살아간다는 의미를 담고 있으니 더욱 따뜻한 어깨동무가 됩니다. 서로 모여서 마음을 나누고, 도움이 필요한 곳에 달려가 손을 덜어주고, 남은 농작물을 나누어 먹고, 아이들도 같이 키우고, 어떤 거창한 공동체 이름을 붙이지 않아도 끈끈한 정이 철철 넘치는 품앗이를 오래 전부터 삶 속에서 실천하고 있는 곳이 바로 시골임을 깨닫습니다.

지역화폐운동인 생태품앗이가 곳곳에서 더욱 활발하게 일어나면 좋겠습니다. 할 수만 있다면 내가 줄 수 있는 것이 많으면 좋겠습니다. 내년에는 올해보다는 더 풍성한 나눔이 있기를. 이곳에서 넘치게 받은 사랑과 정성을 이제는 더 많이 나눠줄 수 있도록 항상 깨어 있기를 기도합니다.

흙을 사랑하는 사람들

골짜기마다 보랏빛 복사꽃이 지고 사과꽃이 하얗게 피었습니다. 농부들 마음도, 손길도 빠르게 움직입니다. 조그만 라디오를 끼고 옮겨 다니며 일을 합니다. 사다리를 타고 오르내리며 적과(摘果, 열매솎기)를 하는 모습이 밀레의 그림처럼 아름답습니다. 꽃을 솎아주어 열매가 적당히 달리게 하는 손작업입니다. 조그만 라디오에서 흘러나오는 세상 소리에 귀 기울이며 웃고 때로는 따라 울며 소곤거리는 부부의 모습이 살갑습니다.

몇 달 전부터 시골에 살면서 알게 된 다섯 가족과 작은 모임을 시작했습니다. 자주 만나서 서로 많이 가진 것들을 나누고 좋은 얘기도 하고 아이들 키우는 얘기도 나누면서 고민도 즐거움도 함께합니다.

보고 싶으면 언제든 달려와서 만나지만 다섯 가족이 한꺼번에 모이기엔 아무래도 무리가 있어 한 달에 한 번씩 돌아가며 모임을 갖기로 했습니다. 먼저 모임이 있는 집에서 그날 나누고 싶은 이야기 주제를 정해서 30분 정도 같이 나누고 각자 집에서 갖고 온 음식을 먹습니다. 자신이 갖고 있는 전문 지식이나 먼저 알고 있는 소식들을 서로 나누면서 점점 맛있는 수다 방을 만들어가고 있습니다. 아이들도 저희들끼리 모여서 책도 보고 얘기도 하고 놀이도 찾아가며 즐거워합니다.

몇 번 만나다보니 이 모임에 내가 줄 수 있는 것은 무엇일까 생각하게 됩니다. 이번 모임엔 무슨 얘기를 할까, 어떤 음식을 갖고 갈까 기다려지기도 하고 아이들도 보고 싶어집니다. 이웃사촌이 먼 친척보다 낫다는 말이 실감납니다. 자주 만나니 할 얘기도 많고 이 모임을 더 건강하게 이끌어가고 싶은 마음에 자꾸만 좋은 생각들이 쏟아져 나옵니다.

모임에 나오는 분도 다양합니다. 시골 교회 목사님도 있고, 피부과 전문의도 있고, 풍물 잘하는 분도 있고, 음식 잘하는 분도 있습니다. 함께 어울리다보면 금세 어깨동무하여 주고받는 나눔의 시간이 모자랍니다. 풍물도 배우고, 우리말의 소중함도 배우고, 좌욕 같은 건강 상식도 알아가고, 환경에 대한 생각도 키워나가며 나 아닌 다른 사람에게 따뜻한 눈길 주는 법도 알아갑니다.

도회지에 살면서 사립문 활짝 열어놓고 살고 싶은 생각이 많이 들었습니다. 아파트에 살 때도 좋은 이웃을 만나 아파트 현관문이 닳도록 들락거리며 살다가 이사 올 땐 아쉬워서 눈물 흘리며 헤어졌지만 이곳에 내려오니 이곳 나름대로 좋은 이웃이 참 많습니다.

여기에 힘입어 얼마 전부터 흙살림연구소에서 시작한 '흙을 사랑하는 사람들의 모임(흙사모)'에도 이 식구들이 모두 참여했습니다.

흙사모는 손바닥만 한 땅이라도 살려서 텃밭가꾸기를 하는 것에서부터 남은 음식물을 그대로 버리지 않고 발효시켜서 퇴비로 이용하는 일, 설거지물 세탁물 화장실물 따위를 그대로 흘려보내지 않고 쌀뜨물을 이용해서 만든 발효액으로 한 차례 정화하여 버리는 일, 친환경 농산물을 이용하고, 인증 농산물은 어떤 것이 있으며 인증 표시는 제대로 되었는지 감시하는 모임입니다.

또한, 손모내기 벼베기 같은 농사 체험 행사에 아이들과 함께 참여해서 자연을 느끼고 흙을 더욱 사랑하도록 하는 일, 정월 대보름놀이(달집태우기), 풍물놀이, 오월 단오놀이, 팔월 한가위놀이 같은 사라져가는 우리 농촌 문화를 되살리는 일을 찾아보는 것도 하는 일 가운데 하나입니다.

옛날 어른들은 개숫물 버릴 때에도 벌레가 죽는다고 뜨거운 물을 한소끔 식혀서 버렸습니다. 하수구에 사는 미생물이 살아 있어야 물이 정화된다는 것을 당신들은 알고 계신 것입니다. 현명하신 옛 어른들을 따라 우리도 흙과 환경을 살리기 위해 생활 속에서 실천할 수 있는 작은 것들은 무엇이 있는지 한 번 더 생각하고 행동하는 쪽으로 이 모임이 커나갔으면 합니다.

특히, 도시에 사는 주부들이 이 모임에 많이 참여하면 좋겠습니다. 그들이 함께하지 않으면 좋은 취지가 넓게 퍼지지 못하기 때문입니다. 도시와 농촌에 사는 주부들이 모여서 함께 만들어가는 흙사랑 모임은 흙을 사랑하는 사람이면 누구나 참여할 수 있습니다.

흙은 생명의 어머니라고 합니다. 사람은 흙을 떠나서는 살 수가 없습니다. 흙이 죽으면 거기에 뿌리 내리고 사는 식물도 건강하게 자랄 수 없고 그걸 먹고 사는 사람도 건강할 수 없습니다. 어린이 비만이나 아토피 같은 신종 질병들이 모두 건강한 우리 땅에서 돋아난 바른 먹을거리를 먹지 않기 때문에 생겨난 것들이 아닌가요.

곧 우리 생명을 지키는 일인 흙을 살리는 일은 이제 농촌과 농부만의 문제가 아닙니다. 도시 사람들도 흙살리기 운동에 함께 나서야 할 때입니다. 눈물나도록 화사한 지천의 봄을 즐겨 맞도록 마음에서부터 먼저 흙과 환경을 생각하는 마음자리를 함께 나누어보자구요.

남편 조수석을 자청하는 이유

횡성 가는 길, 한 달에 한 번 남편의 〈흙살림신문〉 취재 길에 따라붙어 옆에서 조잘대주고 가끔씩 보온병에 커피도 담아가 따라주고, 졸리지 않게 해주는 부드럽고 달콤한 조수석을 자청해서 얻는 여행입니다.

따로 여행할 수 있는 여건도 안 되고 사실 주머니 사정을 눈치 보다가 주저앉고 마는 소심한 아줌마가 되어가는 게 아쉬워 항상 틈새를 노리게 됩니다. 다음달은 어느 지방으로 취재를 가나 궁금해하고 결정이 되면 그 주변에 둘러볼 곳은 어드메인가 샅샅이 뒤져서 얼치기 가이드가 됩니다. 한 달에 한 번 여행을 떠나기가 어디 쉬운가요? 정말 좋은 일을 하고 있는 건 확실합니다.

환자들과의 약속 때문에 언제나 우리 부부를 부러워하는 의사인 선배 부부를 생각하면 꽤 쏠쏠하고 쫀득쫀득한 여행을 만들어주는 남편의 일이 좋습니다. 비록 농사일 하면서 가난한 빵을 사 오는 비정규직이지만.

전국에서 열심히 묵묵히 땅과 대화를 나누는 젊은 농부들을 찾아 그들에게 용기와 힘을 실어주는 언어 마술사 역할을 맡은 남편이 부럽기도 합니다. 신문의 한 지면을 채워줄 젊은 농부가 이 땅에 굳게 발 디디고 많이 살고 있음도 감사할 일입니다.

이날 만난 젊은 농부도 스물여덟입니다. 대학에서 기계공학을 전공한 그가 이제 고향으로 내려와 땅을 살리고 이 땅의 농업을 살리는 일을 하겠다고 팔을 걷어붙였습니다. 그 젊은 친구의 꼭 다문 입술과 당찬 의지를 보고 나니 비를 헤치고 새벽을 달려온 보람이 더 큽니다.

더는 그 사람의 시간을 뺏을 수가 없어 서둘러 마치고 평창으로 달렸습니다. 횡성에서 6번 지방도로를 달려 평창에 도착하니 점심시간입니다. 새벽에 거의 요기를 못해서인지 허기가 느껴집니다. 비가 들이붓습니다. 아예 양동이로 퍼붓는다는 표현이 낫겠습니다.

골짜기는 어둡고 물위로 뽀얀 안개가 전설의 고향처럼 스멀스멀 기어오릅니다. 돌에 부딪히며 급하게 내달리는 물살이 곧 도로까지 삼켜버릴 태세입니다. 이미 몇 군데는 무너져버렸고 아슬아슬하게 접근위험 표지와 빨간 줄이 쳐 있습니다. 곳곳에 멋진 펜션들이 줄지어 있고 간혹 체험농장이라 써 있는 곳도 똑같은 시설과 넓은 마루 평상과 잔디가 도시인들을 유혹합니다.

얘기만 많이 들은 곳 허브나라 숲 속 정원. 몇 년 전 오대산에 있는 자생식물원에 다녀온 이후로 늘 마음속에 꿈꾸는 곳. 나도 언젠가는 갖고 싶은 야트막한 산과 야생화와 편안한 의자가 있는 곳 그리고 좋은 사람들과 함께 살아가는 곳. 비가 너무 많이 와서 허브나라 생긴 이후 이런 일은 처음이라면서 커다란 버스를 대절해 물을 건너게 해주는 지배인의 설명을 들으며 아주 특별한 경험을 했습니다.

지난번 태풍이 지날 때 이 다리가 무너졌답니다. 이렇게 사람들을 태우고 물위로 운전하는 것은 처음이며 설명도 잘 할 줄 모르니 이해해 달라고 양해를 구했습니다. 영화 〈물위를 걷는 여자〉가 갑자기 생각나는데 급류에 떠내려갈까 봐 중간쯤 왔을 땐 다리가 오므라들었습니다.

"비가 더 오면 우리는 못 나가는 거죠?" 남편이 은근히 요행을 바라며 지배인에게 묻습니다.

"그럴 리가 있겠습니까? 그러면 손님께는 방이 마련돼 있으니 하룻밤 묵어가시죠."

같이 탄 학생들이 까르르 웃습니다. 사실 내가 보기엔 남자친구와 같이 온 여학생들이 해야 할 말을 남편이 천연덕스럽게 얘기하고 있습니다.

금강산도 식후경이라 했던가? 뱃속에서 꼬르륵 소리가 납니다. 2층에 자리한 식당에 앉으니 내가 동화 속 공주가 된 느낌입니다. 대들보마다 고운 잎 그대로 말린 허브들이 우리들의 식탁을 향해 물구나무 서있고, 자잘한 소품들이 입맛을 돋우도록 예쁘게 진열돼 있습니다. 예쁜 표정 기다리며 계속 웃기는 남편 따라 활짝활짝 웃어줍니다. 정갈한 반찬들과 싱싱한 채소로 비빔밥을 담아 온 노란색 옛날 양푼이 너무 예쁩니다.

자리를 옮겨 3층 카페에서 후식으로 허브차를 마십니다. 날씨 좋은 날에는 밖에 있는 넓은 마루 평상에서 차를 마시고 싶은 아름다운 정경이 바로 눈앞에 머뭅니다. 접힌 파라솔과 빗물이 톡톡 튀는 테이블과 바람에 나풀거리는 라벤더와 헬리오트로프, 그리고 유리방 안에 갇힌 많은 연인들……

남들이 보는데도 예쁘다며 계속 셔터를 눌러대는, 마흔세 살을 어디로 먹었는지 알 수 없는 마냥 소년 같은 내 옆지기. 하늘로 난 창을 따라 그리며 내년엔 이런 집을 짓자고 긴급 제의합니다. 그냥 웃습니다.

차를 마시고 빗속으로 걸어갔습니다. 신발을 벗어들고 맨발로 작은 돌이 깔린 오솔길을 걸으니 터키 갤러리가 나옵니다. 숲 속 산장 같은데 갤러리라 이름 붙어 있습니다. 젖은 나무 계단을 올라갔더니 나이 지긋하신 할머니께서 주인입니다.

"신발 신고 관람하세요." 친절하게 말씀하십니다. "비에 젖어서요." 말이 없으십니다. 멀리 터키에서 배를 타고 온 귀한 물건들이 꽤나 많습니다. 분위기는 고양시에 있는 중남미 문화원과 비슷한데 손으로 짠 카펫이 더 많습니다.

예쁜 목걸이 발견. 그냥 지나칠 수 없지. 사달라고 조르니 사놓고 한 번도 하는 것 못 봤다면서 그냥 지나갑니다.

"할 수 없지, 애인하고 오는 수밖에." 했더니 확 돌아서서 목걸이를 채워줍니다. 너무 잘 어울린다고 칭찬까지 남발하면서 뒷수습하느라 절절맵니다. 옆에서 할머니까지 가세해서 나는 졸지에 효리보다 더 예뿐 공주가 되었습니다.

빗속에서도 계속 셔터를 누릅니다. 우산을 뒤로 젖혀야 예쁘지. 고개를 조금 옆으로 해봐. 의자에 앉아 있는 나더러 채털리 부인 같다고 띄웁니다.

물은 더 불어났습니다. 허브나라를 감싸고 휘돌아 나가는 흥정계곡은 아까 들어올 때보다 훨씬 많은 양의 물이 내려갑니다. 사람들로 꽉 채워 천천히 달리는데 정말 차가 밀리는 것 같습니다.

건너편 땅에 닿으니 어떤 남학생이 "이제 살았다." 합니다. 비가 너무 많이 와서 오래 머물 수 없었지만 이렇게 꿈결처럼 다녀온 허브나라는 오랫동안 내 방에 남아 있을 것 같습니다. 그 향기가 집까지 따라왔습니다.

남편의 첫해 고추 농사 일기

고추 농사가 마무리되어갑니다. 제초제 안 치고 농약 안 치고 노지에서 고추 농사를 짓는다는 게 이렇게 힘이 드는 줄 예전엔 미처 몰랐습니다.

작년 흙살림연구소에서 고추 농사 지을 때는 오랫동안 고추 농사 지은 분이 잘 가르쳐주어서 사실 온전한 제 농사는 아니었는데 올해는 작년에 배운 대로 그저 하는데도 일품이 두 배 이상, 신경 쓸 일은 열 배이상 되었습니다.

초세가 중요하니 초세를 잘 잡아서 고추 키를 키워야 한다는 주위분 말씀에 간격을 넓게 한 고추 포기 사이에 균배양체를 넣고 유박 퇴비를 뿌렸는데 초세는 잘 안 잡혔습니다. 밑거름으로 다섯 번이나 뿌린 닭똥퇴비도 별 효력이 없는 것 같습니다.

처음부터 고추는 좋은 곳과 나쁜 곳의 구분이 명확했습니다. 설상가상으로 시들시들 말라 죽는 역병이 생깁니다. 다른 곳보다 2주 이상 빨리 온 것 같습니다. 긴급히 등짐을 지고 시든 포기를 뽑고 그 자리에 목초액 100배로 소독을 했습니다. 물길 따라 번지지는 않아서 다행이었습니다.

일주일에서 열흘 간격으로 생선액비, 목초액, 칼슘제, 맥반석, 키토산, 현미식초, 잎살림 시리즈를 주기적으로 주었습니다.

고추를 따기 시작하자 처음엔 고추 색깔도 좋고 알도 굵어서 따는 재미가 쏠쏠했습니다. 몇 미터 안 나가서 금방 한 자루에 가득 찼습니다. 처음 익은 것은 태양초 고추걸이에 꼭지를 걸어 하우스 천장에 걸어놓았습니다.

두 번째 고추를 딸 때부터는 탄저병으로 알에 상처를 받은 것들이 나타나기 시작했습니다. 이때부터는 감당 불가능입니다. 이웃 관행농 하는 고추밭에서도 역병으로 샛노랗게 시들어갑니다. 비가 너무 많이 온 탓이라고 합니다. 그러나 어찌합니까? 자연의 순리를 거스르고 그 큰 힘을 막아낼 방도가 인간에게는 없으니.

세 번째 고추를 비를 흠뻑 맞고 땄습니다. 원 없이 비를 맞아보는 기분도 괜찮다는 아내를 위해 위문공연을 합니다. 내가 아는 노래는 다 불렀습니다. 고래고래 소리를 질렀더니 배가 고파옵니다. 아내는 다시는 고추 농사를 짓지 않겠다고 말합니다. 한 해 농사도 제대로 안 지어보고.

이제 흙살림연구소 부회장님께 건조기를 빌려 영양분이 파괴되지 않을 정도인 55도 정도에 고추를 찝니다. 그리고 햇볕이 쨍하고 나면 집 앞 도로가에 자리를 깔고 고추를 말립니다.

햇살이 이토록 귀하게 여겨질 때도 없었습니다. 사람이든 식물이든 햇빛을 받아 자기 몸을 소독해야 합니다. 햇살의 자양분을 많이 받아 이롭게 되듯 결 고운 햇살이 그리운 옛 애인 같습니다.

모종 키우고 정식하고 북 주고 영양제 주고 말뚝 박고 끈 매고 웃거름 주고 고추 따고 태양에 말리고 고추 꼭지 따고 깨끗이 닦고 손질하고 비로소 고춧가루를 빻습니다. 그 힘든 고추 농사를 아내는 죽어도 하지 않겠다고 하고, 나는 내년에도 다시 지으려고 합니다.

이 지역에 잘 맞는 작물, 가장 많이 필요한 양념, 많이 지어본 작물이기 때문에 몇 년 더 해봐야 나름대로 고추 농사에 눈을 뜰 수 있을 것 같습니다. 작년을 바탕으로 올해 고추 농사를 지었듯이 올해를 바탕으로 내년엔 더 잘 지을 수 있을 것 같은 예감이 듭니다.

올해 고추 재배면적 500평 정도에 고춧가루가 300근 정도 나왔습니다. 다행히 친구, 친지들의 주문량이 많아 전량 소화되었습니다. 처음으로 내 농사를 지은 오늘 첫 판매금액이 손에 들어왔습니다. 아내와 나는 너무 기뻐서 아이들 손 잡고 감자탕으로 외식을 하면서 그간의 힘든 과정을 되새겨보았습니다.

돌아보면 지나온 과정은 땀방울 떨어져 땅속으로 스며들어 유기질 비료가 되듯 우리의 꿈도, 몸도, 키도 부쩍 자라 내일은 오늘보다 더 큰 희망과 삶의 철학으로 이어질 거라고 나는 믿습니다.

그 길 위에 언제까지 변함없이 햇살 떨어져 우리를 키우고 작물을 키우고 우리의 발걸음 앞에 함께 하니 얼마나 좋은가요. 내년 고추 농사 재배기를 적을 때 더 나은 모습과 생각을 적을 수 있다면 또 얼마나 좋을까요.

보석처럼 빛나는 땀방울

지난 주말에는 흙살림연구소 쿠바농장에서 잡초제거를 했습니다. 온 국민이 자신이 먹는 채소를 텃밭에서 길러 해결한다면 얼마나 좋을까요? 자꾸만 빈약해지는 농업정책에 목숨 걸지 않아도 될 것이고 농사 팽개치고 국회 마당에 가서 붉은 띠 두를 일도 없을 텐데, 평화로운 농촌의 모습이 온 국민의 가슴에 잔잔하게 기억될 텐데…….

쿠바에서는 도시텃밭으로 대부분의 채소를 해결한다고 합니다. 땅을 살리고 자신의 몸을 살리는 도시텃밭은 정서적으로도 좋고 도시의 공기오염을 줄일 수 있는 우리들의 과제입니다. 매일매일 넓어지는 시멘트 콘크리트 바닥이 우리를 숨 막히게 합니다. 비가 오면 땅속에 스며들어야 하고 그 물이 저장되었다가 조금씩 나누어서 우리들 목구멍으로 들어와야 할 텐데 비가 오면 작은 하수구 구멍이 미어터지도록 흘러가버리고 며칠만 가물면 땅이 타들어갑니다. 빗물 한 방울도 받아서 아끼고 허드렛물로 쓴 우리 조상님들에게 꼭 배워야 할 덕목입니다.

봄부터 시작한 쿠바농장 일은 많은 것을 배울 수 있어 좋습니다. 가장 큰 장점은 어느 곳에서나 가능한 방법이라는 점입니다. 작게는 사과 상자를 이용해서 시작할 수 있고 넓게는 텃밭 전체를 상자로 만들어서 농사를 할 수 있습니다. 첫째는 폐자재를 이용해서 얼마든지 만들 수가 있고 여러 가지 작물을 나누어서 재배할 수 있으니 도시텃밭으로는 제격입니다.

둘째는 토양의 손실이 적습니다. 한 해 자연재해로 유실되는 좋은 흙이 엄청납니다. 장마만 한번 지나가면 새로운 물길이 생기고 밭 가운데로 아예 도랑이 생기는 것을 보면 그동안 자식처럼 아끼고 보살핀 농부의 저린 가슴을 이해할 수 있습니다.

셋째는 벌레가 싫어하는 작물을 가운데에 심어 병해충을 막을 수 있습니다. 예를 들면 파를 중간에 심고 그 옆으로 브로콜리나 상추를 심습니다. 매운 파 향기가 벌레를 가까이 오지 못하도록 막아주는 것입니다.

봄에 시작할 때는 흙이 돌덩이 같아서 씨앗이 살아날 수 있을까 걱정했는데 두어 달 만에 흙은 살아나 있었습니다. 그동안 부지런쟁이 지렁이가 밤낮을 가리지 않고 열심히 밭을 갈아주어서인지 보슬보슬한 흙이 마치 가루분처럼 부드럽습니다. 실낱같던 파가 거의 어린아이 팔뚝만큼 굵어졌고 어리고 여려서 만질 수도 없던 상추는 벌써 무도회의 캉캉치마처럼 넓은 치맛자락을 자랑하더니 이제 꽃이 피었습니다.

장마가 지나고 몇 차례 태풍이 지나가더니 그사이 잡초들이 춘추전국시대를 맞이하여 난리가 났습니다. 허리춤까지 자란 피라는 놈은 두 손으로 매달려도 도저히 뽑히질 않아 엉덩방아를 찧게 하고 아예 나와 힘겨루기를 할 작정으로 꼼짝도 않습니다. '네가 이기나 내가 이기나' 당겨보다가 나는 무기(호미)를 들고 놈에게 덤벼듭니다. 바위를 찍듯이 뿌리를 조금씩 찍어 넘어뜨리면 놈은 힘없이 쓰러집니다.

오후에는 괴산중학교에서 봉사활동을 나온 학생들과 같이 일을 했는데 어떤 여학생이 있는 힘을 다해 친구와 둘이 매달려서 풀을 뽑아들고는 한 마디 외칩니다. "와! 이건 인간 승리다!"

어머니 자원봉사자와 학생 40여 명이 달라붙어 풀이 무성하던 농장을 초토화시켰습니다. 역시 인해전술의 승리입니다. 오전에 셋이서 낑낑대던 농장은 많은 군사들이 달려드니 꼼짝 못하고 박살이 났습니다. 많은 발자국으로 지렁이들이 수난을 당해서 안타까웠지만 많은 아이들에게 힘들고 유익한 봉사활동이 되었으리라 생각하니 더없이 좋습니다.

이 아이들도 흙의 소중함을 느껴보았을까요? 운동화가 무거워서 걸을 수가 없다던 중학생들이 운동화에 묻은 흙을 털어내며 미약하나마 흙의 향기를 느껴보았을까요?

지렁이가 무섭다고 호들갑을 떠는 여학생에게 "자기들은 지렁이도 없는 도시에서 왔나 봐요." 하고 못마땅해하던 칠성중학교에서 온 씩씩한 여학생 박은실이 던진 한마디가 오래 웃음 짓게 합니다. 봉사활동 나왔으면서 시간만 때우는 친구들도 있고 쉬운 일만 골라서 하는 친구들도 있고 은실이와 그 몇몇 친구들처럼 씩씩하고 건강하게 봉사활동을 체험하고 돌아가는 아이들도 있습니다. 같은 시간을 같은 공간에서 머물다 갔지만 돌아가는 느낌은 저마다 다를 것입니다.

무슨 일이든 내가 온몸으로 받아들이지 않으면 아무것도 내 것이 될수 없음을, 다시 만날 수 없을지도 모르는 아주 짧은 시간 동안 만나고 헤어진 은실이에게 말해주었습니다. 언젠가 우리 여성사의 한 페이지에 획을 그을지도 모르는 은실이가 꼭 맘에 들었습니다. 그 친구의 이마에 맺힌 땀방울이 보석처럼 빛나기를 기도합니다.

지렁이들의 천국으로 돌변한 쿠바농장 만세!

옛날 농사지을 땐 말이여

　해마다 섣달 보름에는 마을마다 대동계를 합니다. 그날은 마을의 크고 작은 일들을 정리하고 집집마다 십시일반으로 곡식을 거두어 마을 회관에서 마을 어른들을 모시고 점심식사를 대접합니다. 시골 정서가 아직 남아 있고 대동계 잔치 떠들썩하게 하면서 마음을 모아 다음 농사를 준비하는 넉넉한 인심의 시골 마을은 점점 사라지고 마는 걸까요?

　며칠 전 충북 괴산 감물면에 있는 박달마을 경로당에 다녀왔습니다. 며칠 전부터 할아버지 할머니께 구수한 옛날이야기를 들을 설렘에 잠을 설쳤습니다. 시골 닭집에 들러 닭을 한 마리 튀기고 안주 좀 준비하고 소주와 막걸리를 받아서 외할머니 댁에 놀러가는 아이들처럼 아침 일찍 서둘러 나섰습니다. 전통농업에서 어려운 농업현실의 대안을 찾자는 소박한 움직임이 이곳 괴산의 젊은 농부들을 중심으로 시작되었습니다. 그 처음 발자국을 옛 어른들의 농사 이야기를 듣는 것부터 시작해보자고 해서 찾아간 것입니다.

몇 채 안 되는 집이 옹기종기 모여 있는 박달마을은 고향 마을처럼 편안합니다. 따뜻한 햇살이 낮은 담벼락에 마중나와 있습니다. 뒷동산 박달산에 박달나무가 많아서 박달마을이라 이름 지어진 이곳은 느릅재를 통해 주요 상인들의 통로가 되던 예전에는 100여 가구가 넘게 사는 큰 마을이었지만 현재는 모두 다 떠나가고 서른네 가구만 남았습니다. 노인 혼자 사는 가구도 절반이 넘는다고 합니다. 마을에서 제일 젊다는 이장님은 벌써 쉰이 넘었고 마을에는 아이들 웃음소리가 들리지 않습니다.

보통 시골에서는 마을마다 회관에 모여서 윷놀이를 하거나 10원 내기 화투도 치고 노래도 부르면서 겨울을 보내지만 이 박달마을 어르신들은 짚으로 삼태미, 짚신, 절구, 강아지집, 미꾸리를 만들어서 전시도 하고 괴산 지역 학생들에게 일주일에 한 번씩 직접 짚공예 수업도 하신다고 합니다. 전통공예를 배우면서 어른들과 아이들이 자연스럽게 가까워질 수 있고 아이들은 옛날이야기를 덤으로 듣습니다. 교실이 아닌 곳에서 할아버지 할머니께 옛날이야기를 들으며 수업을 한다니 부럽기만 합니다. 교과서에서나 본 새끼 꼬기를 직접 따라해보니 쉽지만은 않습니다. 입이 삐뚤어지고 온몸이 꼬이는데 할아버지들은 옷감을 직조하듯 정교하게 삼태미를 엮어가십니다.

옛날에는 어떻게 농사를 지으셨어요?

장마에 봇물 터지듯 할아버지들은 앞 다투어 젊은 시절부터 농사지은 얘기를 늘어놓으십니다. 화전민이 많아서 먹고살기는 더 힘들었고 가구 수는 많고 농토는 적어서 보릿고개 넘기는 게 무척이나 힘들었다고 말씀하시는 어르신의 차분한 고백이 '농사지어 돈할 줄은 모르는' 천상 농부임을 증명하고도 남습니다.

기계도 제초제도 없었고 모두 손으로 농사를 지었으니 밭농사는 일이 많아 온 가족이 매달려도 몇 백 평을 넘지 않았다고 합니다. 소와 쟁기로 갈고 산에 있는 갈참나무를 베어다가 거름을 주고 힘든 일을 모두 등짐으로 해결했답니다. "소가 안 죽어나면 사람이 죽어나는겨."라고 눈을 지그시 감고 말씀하시는 어르신은 지난날 가난하고 마냥 힘들던 시절이 새삼 그리운 듯한 표정입니다. 사람의 정은 살아 있었을 터.

"이른 식전에 일어나 논의 김을 매고 논가의 꼴을 베어다가 소를 먹이고 마을 사람 모두 함께 산으로 가 갈참나무 잎 끌어다 퇴비 넣고 그럴 때가 진짜 농사짓는 것이지."

"일꾼을 얻어서 일을 하면 말여. 국수 삶아서 이 집도 오라고 하고 저 집도 오라고 해서 논가에서 나눠 먹어야 농사짓는 것이제. 지금은 내가 벼를 털어도 사람 하나 오질 않어. 각자 기계를 써서 농사를 하니 사람 구경하기가 쉽질 않어."

"그때는 쌀 한 말 팔면 일꾼 네 명을 샀으나 지금은 쌀 두 말을 팔아도 아줌마 한나절 품삯밖에 안 돼."

인건비는 열두 배나 오르고 수입 농산물은 밀려드는데 우리 농산물이 살아남기 위한 발버둥은 여전히 가라앉는 조각배인가요. 어르신들의 농사 이야기를 듣다보니 해가 꼴까닥 넘어갔습니다. 손으로 하는 옛날 농사를 그대로 오늘에 가져올 수는 없지만 다 함께 어려움을 나눠 가지던 시골의 옛 정서만은 소중하게 가슴에 새겼습니다.

큰돈이 안 돼서 아이들 공부도 제대로 시키지 못했지만 한 집에 삼 대가 모여 정말 사는 것처럼 살았다는 어르신들의 대답은 돌아갈 수만 있다면 꼭 그 시절로 돌아가는 것이 지금의 반문명의 폐해를 없앨 수 있는 정답처럼 들렸습니다. 꼭 그런 자연과 사람의 순리가 살아 있는 시골 모습을 보고 싶습니다. 좀 느리게, 불편하게, 가난하게 살더라도.

어르신들을 귀찮게 해드려서라도 유기적 삶과 전통농업을 실천하신 고귀한 말씀들을 더 많이 들어서 우리 아이들에게도 그 다음 세대에도 꼭 남기고 싶습니다. 다음에는 할머니들께 떼를 써서 옛날 시집살이 이 야기부터 아이들 키운 이야기랑 농사 이야기까지 여인네들의 이야기보 따리를 풀어보아야겠다는 생각으로 벌써 궁금증을 키웁니다.

다시 봄, 생명의 노래

긴긴 겨울을 이겨낸 풀들이 예전 그 자리에 그대로의 모습으로 하나 둘씩 솟아나고 있습니다. 약속이나 한 것처럼.

풀도 다 생명이라, 애초에 이기지도 못할 거 야생의 풀을 잡자고 아웅다웅하지 말자고 내버려두었더니, 지난해 환삼덩굴 숲이던 자리에는 그대로 추운 겨울을 이겨내고 솟아오른 환삼 새싹들이 개선장군처럼 버티고 있습니다. 지난여름 그리도 살갗을 할퀴고 제 세상처럼 밭두렁을 점령하더니 올해도 한판 붙어보자는 기세당당한 자줏빛 여린 싹을 보고 괜스레 눈을 흘겨봅니다. 그렇다고 뭐 벌써부터 주눅이 든 건 아닙니다.

작년보다 더 빼곡하게 밀고 올라온 적군을 대하니 원하지 않는 풀과의 전쟁을 선언하고 바로 작전에 들어가야겠다고 혼자 다짐을 해봅니다. 한편으로는, 얼마나 힘들게 겨울을 이겨냈으면, 지금 막 엄마의 자궁 속에서 나온 신생아처럼 푸르스름한 자줏빛으로 태어날까 하는 생각에 안쓰럽기도 합니다.

겨우내 비바람이 얼마나 불어댔는지 비닐집은 찢어지고 문짝은 날아가고 쇠파이프가 얼어 터져서 비닐집 옆 개폐기 지지대가 꿈적도 않아 말썽입니다. 비닐을 짜깁기하고 치마비닐을 다시 고정하고 쇠파이프를 뽑아내고 새 것으로 갈았습니다.

지난가을에 볏짚으로 덮어준 못난이 배추가 벌써 새파랗게 옷을 갈아입고 맛있는 '봄동(얼갈이배추)'으로 다시 태어났습니다. 납작 엎드린 봄동은 벌금자리 나물과 깨끗하게 씻어서 겉절이를 하면 꿀맛입니다. 파 좀 썰어 넣고 참기름 듬뿍 넣어서 고춧가루와 통깨로 양념장을 만들어놓고 끼니마다 살살 버무려 먹으면 입맛 없는 봄철에 이만한 밥도둑이 없습니다.

뭐니 뭐니 해도 우리 밭에서 제일 반가운 손님은 부추입니다. 작년에 옮겨 심은 부추가 이제는 제법 자리를 잡아서 튼실해진 모습으로 싹을 틔웠습니다. 지난주만 해도 환삼덩굴 싹인지 부추 싹인지 분간하기 어렵게 자줏빛으로 뾰족뾰족 솟아나더니 일주일 만에 아주 예쁜 초록색으로 변신했습니다. 다음주면 아마도 우리 밥상에서 새콤달콤 초무침으로 입맛을 돋우지 않을까 기다려집니다. 부추는 이른 봄부터 우리 식탁을 떠나지 않는데, 된장찌개를 끓일 때에도 무와 부추를 듬뿍 넣어서 끓이면 부추 향을 담백하게 느낄 수 있는 색다른 된장찌개 맛을 볼 수 있습니다.

어디 그뿐인가요? 한번 심으면 누가 특별히 돌보지 않아도 저절로 수확한다 하여 게으름뱅이풀이라고 부르는 부추는 베어내면 금방 또 자라고 뿌리도 더 넓게 퍼져서 더 많은 양을 선물하는 매력이 있습니다. 비 오는 날 부추 부침개와 막걸리는 환상 궁합입니다. 냉장고에 자투리로 남아 있는 당근과 양파를 채 썰고 부추를 크기에 맞춰 썰어 구수한 우리밀로 부침개 부쳐놓고 이웃한 마음 고운 사람들 불러 막걸리 한잔 기울이면 근심 걱정 모두 다 잊고 낭창낭창 넘어가게 '농부가' 가 나오고 "얼~쑤"가 절로 튀어나옵니다.

비타민과 칼슘, 철분이 넉넉하고 피돌이(혈액순환)가 잘 돼서 여성들의 피부 미용에도 아주 좋다 하니 가을쯤엔 미인이 돼 있어 사람들이 알아보지 못하면 어쩌나 미리 걱정이 됩니다. 남편은 이 철없는 농부를 보고 또 공주병 도진다고 타박이지만요.

지난 일요일에는 모처럼 네 식구가 모두 밭으로 가서 밀린 일을 했습니다. 마침 장날이라 장에 들러서 찹쌀도넛 조금 사고 상추씨 사가지고 서둘러 밭으로 갔습니다. 오전에는 작은놈이 아빠랑 일을 하고, 오후에는 큰놈이 도와주기로 했습니다. 친구들과 약속이 있어 나간 큰놈이 아빠 더울까 봐 아이스크림 사가지고 달려왔다고 헉헉댑니다. 일하다가 먹는 아이스크림도 꽤 괜찮은 맛입니다. 아이스크림이 너무 크고 날씨가 쌀쌀해서 다 먹기엔 버거웠지만 용돈 털어 사들고 온 성의가 갸륵해 맛있다고 칭찬하면서 다 먹어치웠더니 덜덜 떨렸습니다. 아빠를 생각하는 큰놈의 성의를 생각하니 뒷맛은 달콤하기만 합니다.

남쪽은 꽃 소식이 들려오지만 이곳 음성에서는 이제 막 새싹들이 돋아납니다. 아무런 약속도 없이 헤어졌지만 그 자리에 그 모습으로 다시 태어나는 새싹들을 보면서 무언의 약속이 있었음을 짐작합니다. 아랫집 병화네 할아버지 부부도, 윗집 할머니네 모자도 밭에 엎드려 부지런히 호미질 괭이질을 하십니다. 약속이나 한 것처럼 다시 그 자리에 모여들었습니다. 소리쳐 부르며 인사를 건넵니다.

할머니께 도넛 한 조각 나눠 드렸더니 맛나게 드십니다. 훌쩍 커버린 우리 큰놈을 보면서 놀라십니다. 이제 아빠보다 더 커서 일 많이 도와주겠다고 부러워하십니다. 오랜만에 아이들 소리가 들판에 울려 퍼지니 어른들도 당신 손자처럼 좋으신가 봅니다. 이제부터 밀려들 손님들 밥상에 올릴 상추를 한 골 심어놓고 푸석하게 메마른 땅에 마음껏 물기를 넣어주고 아이들 손을 잡고 들길을 내려옵니다.

봄의 약속, 가난하지만 겨울 지나 불러낼 땅이 있으니 마음은 이보다 더 부자일 수 없습니다.

돌아보면 지나온 과정은 땀방울 떨어져 땅속으로 스며들어 유기질 비료가 되듯 우리의 꿈도, 몸
도, 키도 부쩍 자라 내일은 오늘보다 더 큰 희망과 삶의 철학으로 이어질 거라고 나는 믿습니다.